U0938457

身份·書寫·記憶

許子東文集
（第六卷）

小說香港

許子東　著

商務印書館

出版統籌：杜　辰
責任編輯：陳朝暉
裝幀設計：涂　慧
排　　版：肖　霞
責任校對：趙會明
印　　務：龍寶祺

小説香港

作　　者：許子東
出　　版：商務印書館（香港）有限公司
香港筲箕灣耀興道 3 號東滙廣場 8 樓
http://www.commercialpress.com.hk
發　　行：香港聯合書刊物流有限公司
香港新界荃灣德士古道 220-248 號荃灣工業中心 16 樓
印　　刷：美雅印刷製本有限公司
香港九龍觀塘榮業街 6 號海濱工業大廈 4 樓 A 室
版　　次：2025 年 7 月第 1 版第 1 次印刷

ISBN 978 962 07 4734 2（平裝）
ISBN 978 962 07 4743 4（毛邊本）
Printed in Hong Kong

香港短篇小說選
1994-1995
香港短篇小說選
1996-1997
香港短篇小說選
1998-1999
香港短篇小說選
2000~2001
許子東 編
許子東 著
香港短篇小說
初探
香港短篇小說選
2002~2003
張愛玲·郁達夫·香港文學
输水管森林
许子东
无爱纪
许子东主编
后殖民
食物与爱情
许子东主编

許子東編：《香港短篇小說選 1994—1995》，香港：三聯書店，2000 年。

許子東編：《香港短篇小說選 1996—1997》，香港：三聯書店，2000 年。

許子東編：《香港短篇小說選 1998—1999》，香港：三聯書店，2001 年。

許子東編：《輸水管森林 —— 三城記小說系列第一輯・香港卷》，上海：上海文藝出版社，2001 年。

許子東編：《後殖民食物與愛情 —— 三城記小說系列第二輯・香港卷》，上海：上海文藝出版社，2003 年。

許子東編：《香港短篇小說選 2000—2001》，香港：三聯書店，2004 年。

許子東：《香港短篇小說初探》，香港：天地圖書，2005 年。

黃子平、許子東編：《香港短篇小說選 2002—2003》，香港：三聯書店，2006 年。

許子東編：《無愛紀 —— 三城記小說系列第三輯・香港卷》，上海：上海文藝出版社，2006 年。

許子東：《許子東講稿（卷二）—— 張愛玲・郁達夫・香港文學》，北京：人民文學出版社，2011 年。

《許子東文集》出版說明

《許子東文集》十一卷，前三卷均為現代作家論，第四至第六卷是論文集和兩項專題研究，第七至第九卷都是以文本細讀為中心的文學史論述。第十卷為作者自傳，曾在人民文學出版社出版，現為增訂本。第十一卷為媒體言論集，收錄若干過往節目觀點與報刊文章。

上世紀八十年代的中國現代文學研究者，大都從作家論起步，之後進入文學史、古代文學、文化研究、人文學史或思想史等領域，很少有人一再重複現代作家論。文集作者卻在幾十年間，先後寫了三本作家論（《郁達夫新論》《細讀張愛玲》《重讀魯迅》）。對於這種目前在學術生產工業中已經不佔主流的研究方法和出版體例的長期堅持，在學界引起注意。第二卷《細讀張愛玲》（張愛玲逝世三十週年紀念版）是皇冠版和中華書局《張愛玲的文學史意義》兩書的合併，另附討論《色，戒》《小團圓》的電視談話。《重讀魯迅》的重點是魯迅對「主奴關係」的研究。全書並非企圖研究魯迅是怎樣一個人，或者還原魯迅作品的本意，而是記錄作者幾十年來閱讀 / 重讀魯迅作品的閱讀經歷以及體會感悟的變化過程。一百年來，魯迅的作品照見了國人走過的道路，照見了世人的面貌與內心，也照見了中國的理想與現實。文集作者半生都在着迷郁達夫的真率、張愛玲的優美和魯迅的深刻。

文集第四卷收集作者從 1984 年到 2014 年間的論文與隨筆，其中大部分寫於八、九十年代，曾經發表於《文學評論》《文藝理論研究》等學術期刊。〈當代小說中的現代史〉原是其中一篇論文的題目，預示了後來的研究方向，現作為文集第四卷書名。整個第四卷反映作者八十年代之後很長時間在學術上的猶豫和嘗試，從分析文學現象到試驗理論方法，從注重現代文學到關心當代小說。文集第五卷是一項藉用俄國形式主義理論的專題研究，開始於 1989 年芝加哥大學的魯思訪問研究計劃，1997 年作為博士論文提交香港大學。2000 年以《為了忘卻的集體記憶——解讀 50 篇文革小說》為書名，由北京：生活・讀書・新知三聯書店出版（三聯・哈佛燕京學術叢書）。該書的台北麥田繁體版書名是《當代小說與集體記憶——敘述文革》。人民文學出版社 2011 年再版時題為《許子東講稿（卷一）——重讀「文革」》。此書主題原是擔心國人健忘，可是時代循環，過去不會消失，人既有可能兩次進入同一河流，書也還沒有完全過時。文集第六卷是《小說香港》。作者長期在香港的大學任教並擔任中文系主任，曾經編選了四五本「香港短篇小說雙年選」。編選過程中閱讀了數千篇香港本土的中短篇小說（主要是九十年代的作品），同時也首次在嶺南大學開設香港文學的課程。卷六的部分內容曾以《香港短篇小說初探》為書名出版，2007 年獲第九屆香港中文文學（文學評論）雙年獎。

第七卷《許子東現代文學課》是作者在香港嶺南大學一年級本科課程的錄音文字，當時有騰訊新聞現場直播。課堂實錄文字或有資料不全等缺陷，但也保留了直播的氣氛及現場效果，成為一本文字、資料、音頻及視頻同時存在的教科書。《許子東現代文學課》收入文集卷七，大幅增加了研究性質的論文和其他講座文字、直播對談。《重讀二十世紀中國小說》（上下）及續篇《二十一世紀中國小說選讀》是作者近年的工作，有別於傳統的從時代或從作家出發的文學史模式，這幾冊重讀和選讀，努力嘗試以文本細讀為主體，重新梳理文學史發展線索。

整套文集，既有文體分類，也按時序編排。除了第三卷《重讀魯迅》，文集其餘各卷基本按寫作與出版時序編輯。

《小說香港》編輯說明

2000 年到 2005 年間，作者應香港三聯書店邀請，主編《香港短篇小說選 1994—1995》《香港短篇小說選 1996—1997》《香港短篇小說選 1998—1999》《香港短篇小說選 2000—2001》。這套小說選是香港當時唯一一套定期出版的「純文學」（香港學界稱之為「文藝小說」）中短篇小說選。每個選本只選十到二十篇作品，編者至少要閱讀兩年內幾百上千篇小說。這些閱讀筆記，便合成了選本的導言；這些導言加上作者同期發表的有關香港文學的論文，便合成了論文集《香港短篇小說初探》（香港天地圖書，2005）。2007 年該書獲第九屆香港中文文學獎（文學評論）。同時期作者也在香港的大學裏首次開設獨立的香港文學課程。

這幾本香港短篇小說選後來也有簡體版：《輸水管森林：三城記小說系列香港卷第一輯》（上海文藝出版社，2001）；《後殖民食物與愛情：三城記小說系列香港卷第二輯》（上海文藝出版社，2003）；《無愛紀：三城記小說系列香港卷第三輯》（上海文藝出版社，2006）。「三城記」小說系列台北卷和上海卷的主編分別是王德威和王安憶。

2006 年又和黃子平教授合編《香港短篇小說選 2002—2003》。

目 錄

第一輯：世紀之交的香港文學圖景

第二輯：身份・記憶・書寫

第三輯：在文學場域閱讀城市

附錄

第一輯

世紀之交的香港文學圖景

論「失城文學」

一

《香港短篇小說選 1984—1985》的編選者馮偉才在「序言」中為選本的範圍（即甚麼是香港短篇小說）作了四點界說（後來黎海寧也依循這些標準）：

> 一，日期——以作品發表的日期為準。
>
> 二，作者身份以在本地寫作的香港作家為準。無論他/她是來自內地、台灣或外國，只要已在這裏定居（即香港法例定義下的香港居民），其所發表的小說，均被視為香港文學作品。
>
> 三，內容不需要以寫香港人香港事為主，但如果在一定程度上反映香港社會的各個層面和香港作家的所思所感，都會優先考慮。
>
> 四，藝術手法以能反映香港不同背景的作家的寫作手法為主，儘量讓讀者感到香港文學創作的百花齊放，相容並包的特色。

以上標準我在原則上都是遵循的。我理解第一條中「發表」的範圍則不完全限於報刊雜誌，也包括某些公開的藝術展覽、市政局文學評獎或書籍的首次出版。第三、第四條也完全沒有異議，任何香港作家的作品都必然反映「香港作家的所思所感」，而且寫作手法總會有所不同。只有第二條「在本地寫作」，似乎有再討論的餘地。「以在本地寫作的香港作家為準」—— 假如鍾曉陽、黃碧雲、西西在多倫多、悉尼、倫敦或者廣州、台北寫作是否就不算「香港短篇小說」呢？這個問題牽涉幾個不同的層面，第一，有時候「在本地發表出版」可能比「在本地寫作」更為重要，作家如有香港背景，最初因在香港發表和出版在香港出名，她 / 他後來走到天涯海角，也可以繼續創作「香港故事」。第二，如果作家最初或主要不在香港發表和出版作品，這時是否「在香港寫作」才成為重要因素。七、八十年代西西在香港寫作，雖然作品主要都在台北出版，並不妨礙她的香港作家身份；反之，施叔青、余光中如果不在半山、沙田寫作，其作品即使寫到香港，是否屬於「香港文學」仍然可以存疑。第三，生活背景與寫作地點很可能「錯位」，〈第一爐香〉與《馬伯樂》便是很明顯的例子：後者在香港寫作發表，前者卻對香港文學影響更為深遠。所以，「本地寫作」（如同身份證、出版地、讀者羣）一樣，都是定義「香港小說」的重要條件，但都不是必須條件。如果因為《老張的哲學》《霧・雨・電》寫於倫敦、巴黎，我們就將老舍、巴金發表在上海《小說月報》上的早期創作列於中國現代文學之外，那文學史也就面目全非了。事實上，〈沉淪〉（寫於日本）、〈再別康橋〉（寫於印度洋郵輪）等海外創作恰恰提供了「五四」文學的一個重要線索。從我們的選本來看，「香港人的海外故事」也正是近年來香港短篇小說創作的一個相當重要的組成部分。

黃碧雲是九十年代以來最引人注目的本地作家之一，她的代表作〈失城〉有一半篇幅描寫主人公陳路遠、趙眉一家的異國漂泊生活。可能是一種有意與「典型環境典型性格」寫作原則開玩笑的反小說策略，黃碧雲不同小說中的不同角色常有相同的姓名(有時故意借用其他作家筆下的人名)。陳路遠、趙眉這一次是因為害怕而移民的港大舊生,「我們以為追求自由,來到了加國,但畢竟這是一座冰天雪地的大監獄 —— 基本法不知頒佈了沒有。他們在那裏草擬監獄條例呢。逃離,來到另一座監獄。」在現實生活中,的確有不少「幸於能逃離香港的中產階級」將自己辛苦謀求的移民生活比作「坐洋監」,黃碧雲更將離鄉背井的精神危機渲染成丈夫對妻子出於愛慾的殺意以及母親對孩子的半瘋狂虐待。趙眉有一次逼迫滿嘴是血的孩子吃生雞心牛肝豬肝,然後又跪下哭泣,「你們的父母做錯了,從油鑊跳進火堆,又從火堆跳進油鑊。做錯了甚麼,我們都不曉得」。油鑊火堆的意象在小說中反覆出現,主人公也一再在漂泊途中比較海外與香港的生活。疲弱的夫妻,每到一處生一個孩子,「阿爾拔亞省太冷,多倫多擠迫而空氣污濁」,雖然人們「喜歡飲茶、看明周、炒地產,比較像香港,令人心安」。終於在三藩市安頓下來,兒子又因講中文而被同學毆打,主人公也被裁員。比現實困境更嚴重的是心理變態,丈夫下意識裏「渴望趙眉和孩子消失」,妻子則「買了一百米黑布,成天在踏衣車縫窗簾,將屋子蔽得墨墨黑黑的」,下面一段有點學步卡夫卡的場景,可以視為黃碧雲對移民生活的概栝:

> 淩晨五時,我們夫婦對着一桌子食物,窗外是深黑的雪,我狠狠地瞪着眼前那隻吱吱的白老鼠,赫然驚覺老鼠已經成千上萬的繁殖,爬滿了廚房、睡房、閣樓,甚至在我的駕駛座上。我蹦的跳起,衝入嬰兒房,緊緊抱着明,小二,怕他們被白老鼠吃掉了,孩子「哇」地哭了,轉身來,趙眉單單薄薄的赤足站在房門口,睡袍皺而陳舊,淒淒涼涼的雙手交纏在胸口,道,「陳路遠,讓我

們回香港吧。」

別的香港作家的筆調可能不像黃碧雲這樣怪誕殘酷，但對移民生活的描寫卻也都是透露失落迷惘心情多於渲染浪漫異國情調。黎翠華比較寫實的〈仲夏之魘〉[1] 敍述金剛明珠夫妻在歐州開餐館，工作辛苦無聊，住在花園洋房，主人公覺得「就為了這個也值得移民」，但又忍不住要回憶「那時候我每晚在龍祥道飆車……」「我溜冰可厲害啦，小時候我去荔園，後來我去太古城……」。至於眼前這座只有一家中國人的歐州小鎮，則又一次被形容為「一座開放的監獄」。沒有收入本選集的吳永傑的〈兩種對立的生活〉[2] 更加通俗地點出了為房子而移民的懊悔：「二千八百呎分成兩層，漢璋常說要是能將這座房子搬到香港去就值錢了，但如真的搬到香港去，當我推開門，還會看到青青的草地，還會呼吸到這樣新鮮而沒有塵埃的空氣嗎？但草地和空氣對我來說真的那重要嗎？」與這種小市民的患得患失形成對照，知識分子「流落在陌生地方」，就算迷路，其「尷尬的處境」也「頗富有象徵意味」。[3]「自己是很自尋煩惱，終日為了想看更多的東西，為了不知為甚麼的追尋，許多時老是走到地圖以外去，走到自己熟悉的範圍以外去，無端置身在不安全的處境裏了。」然而無論是小市民追求房子還是知識分子的精神旅程，正如〈邊界〉的敍事者所言，「作為一個香港人特別沒有浪漫的條件」。他們的海外飄泊，始絡都是「尷尬與不安全的」——作為「不安全」的例證，鍾曉陽〈未亡人〉[4] 中為幾個女人所鍾情的梁偉，不就是在美國撞車而死了嗎？

為甚麼流落異國，「香港人特別沒有浪漫的條件」？「五四」時期郁達夫、聞一多描述留洋經歷，有憤恨也有懷念。徐志摩「甘願做水草」的迷戀當然更加膾炙人口。後來台灣作家於梨華、白先勇等解析留美華人身份危機，惆悵中總還有些異國情調，都不會像黃碧雲或別的香港小說家那樣，只是將海外生活視為「油鑊」「洋監」。這種香港人特別貶低西方的現象說明：第一，比起「五四」文人留洋、六十年代華人赴美，香港人的移民好像更加被迫與無奈；第二，這些有關異國的故事大都發表在香港的報刊雜誌，可能主要滿足沒有能夠「坐洋監」的香港讀者的中文想像需求。

二

如果以短篇〈失城〉來形容九十年代的香港文學主流傾向，我以為不僅僅因為小說題目契合一個時代的政治文化焦點（就像用盧新華短篇〈傷痕〉來概括「文革」後中國文學潮流一樣），而且也因為〈失城〉本身的故事結構概括着所謂「失城文學」四個類型的至少前兩條線索：「漂流異國」與「此地他鄉」。

〈失城〉中的陳路遠終於忍受不了三藩市的「洋監」，一個人取道歐州返回香港。不久被趙眉發現行蹤，帶着四個孩子一起回流。

> 「然而我已無法再認得香港。」

我已無法再認得香港——這個題目在很多作家筆下以不同形式出現。辛其氏的〈瑪麗木旋〉寫的是「又一村紫藤路底這座小園」中的「一座剝落生鏽轉動時隆隆作響的木造旋轉枱」。從前葉萍和她的女友們，醒亞、立梅和但英常在這旋轉枱上講心事談論問題，以木枱為道具做逼供遊戲要各人講出自己的政治信念和感情秘密，也曾因木枱旋轉太快而受傷。如今醒亞已在夏威夷幽怨獨居，但英因為北上做新聞被拆膠卷，現在也「忙着執拾老家、變賣房子、安排裝箱移民的瑣碎事情」。舊地重遊，「葉萍自言自語：『樹已長得這般高了啊。』立梅環視園中油漆已經褪盡的欄杆，崩頹的花磚牆，不再噴水乾枯了的池塘……陽光興許仍是廿年多前的陽光，可這小園和這園子外的世界已變得太多，今天只剩下她和葉萍坐在園子裏面對破敗的瑪麗轉枱」。

〈瑪麗木旋〉的敘事角度是飄移的，從夏威夷開始，回到熟悉的瑪麗木旋，再表示陌生感。辛其氏的惆悵迷惘，用也斯〈邊界〉中的理性文學來表達，就是「回到香港，發覺許多事情變了……我是渴望回到一個『家鄉』那樣的地方，慢着，我知我回到香港也不會找到的」。而在〈失城〉裏，溫柔的若有所失就會演變成暴烈的倫理慘劇：同樣是回流到無法認識的香港，陳路遠最終完成了他在漂流異國時的宿願，用大鐵枝殺死了妻子和四個孩子及家中的大白老鼠。在不無做作的巴赫大提琴伴奏下，陳冷靜地請鄰居報警，後來又獲得另一位「失城者」（即將退休的英國警官伊雲斯）的同情。小說反覆重申主人公是「從油鑊跳進火堆，又由火堆跳回油鑊」，前者是指「漂流在異國」，後者意即「此地是他鄉」。

並不一定要有漂流異國的「坐洋監」經驗才會有「此地他鄉」之感。很多土生土長的香港人或許從來沒有可能「漂流」，卻也會突然發覺他們並不認識眼前的城市，因而抗拒大廈懷念舊街。散文體的感性寫實如馬國明的〈荃灣的童年〉：「今日木棉下那排嫣紅的木棉樹，『中國染廠』排出的廢料的圓管，『南華鐵工廠』的工人宿舍，以至我走了二十多年的林蔭小徑均被埋葬了，但卻不是全都被埋葬在歷史的洪流裏……」「當身邊周圍熟悉的景物都改變了，你不得不問：『我在何方？』」。以後設小說技術製造歷史感的（香港的尋根文學？），有董啟章〈永盛街興衰史〉[5]：「把一切有關的材料也付諸一炬，永盛街的痕跡又歸於無有，大半年來羅織起來的幾段繁華故事，一刻間化為火盆中的餘燼……數天後，這幢房子便要化為瓦礫……永盛街無能苟延至1997年。但這又有甚麼值得惋惜？很快這裏便會高高拔起另一幢更能象徵這個時代轉折的中資商業大廈。爸爸回港辦理賣樓手續的時候，我曾告訴他我要寫一篇永盛街興衰史的文章，但他只是淡淡的說：永盛街根本就不曾存在，它只是你嫲嫲的夢。」當然，如果真的不值得惋惜，何必再畫地圖集編「興衰史」且特別怪罪「中資」大廈？無論眼前變化的原因是經濟轉型是現代趨勢是地產商政治家聯手是全球氣候轉暖，對於生於斯或長於斯的人們來說（至少在純文學裏），總之一切變化都太快，「我已經無法再認得香港」。海辛的〈鬼屋・神廟・酒店〉平實記述了同一空間（沙田山谷某處）在不同時間段的不同風貌，從三十年前青年探險的神秘鬼屋，到後來經濟起飛時人頭湧湧的燒香神廟，再變為今日一排十二幢度假酒店——小說女主角雪也從天真活潑的少女，變成勤奮務實的少婦，再到現在渾身名牌的富婆。心猿（這是筆名，真實作者是誰，諸多猜測）〈都市：影像迷宮〉雖然技巧變幻文字閃爍後來還引起爭議，但主人公亂馬在照片內外或隧道裏面闖來闖去，也還是在灣仔、避風塘、春風街、石硤尾或新界某圍村等相距不遠的不同空間穿插1967土製菠蘿、1957掛旗衝突、1941日軍佔領、1994日月新天等不同的歷史時段，「我們從歷史的噩夢中醒來，摸不到自己的頭顱……我不知自己身處何方，夢裏不知身是客。」「你不知該怎樣做，你不知你如何可以不釘死在他人的影子裏做自己的主人。」

除了上述由空間轉變（漂流異國後無法再認識香港）和時間穿插（身處維園石硤尾感慨世事街景變遷）這兩種類型的疏離感（alienation）以外，近年香港短篇小說中還有第三種形態的「此地是他鄉」的故事，那就是南來者安家樂業以後依然念念不忘「往日戀人」。黎海華在〈迷宮小說〉一文對王璞小說[6]的特點有過簡潔精闢的評論，她認為王璞筆下「從內地移民香港的主角，往往活在『過去』裏，只要某一事物引發起往事的一點聯想，就會渾忘『現在』，從現實抽離，做出一些莫名其妙的『傻事』」。例如〈相遇〉，三十二年前的一個非常瑣碎的童年記憶一下子就將主人公從眼下的卡拉 OK 歌聲中拉了出來。又如〈紅梅谷〉，主人公只是因為在巴士上瞥見新界某條路的轉角有「紅梅谷」的路牌，聯想到「紅河村」這首歌，便決心去紅梅谷看看。經過了很多曲折克服了很多困難他終於成行，到了紅梅谷卻沒有下車 —— 和舒非的〈窗外紅花〉所表達的意思一樣，看來「往日戀人」只可回憶不能再遇。與陶然等南來作家批判諸如職工憎恨老闆、警察強姦過期居留人士等香港社會負面現象的現實主義筆法不同，王璞筆下的香港生活平靜繁忙秩序井然，只是主人公不知為甚麼很容易「走神」，也許黎海華說得不無道理：「他們自內地移民島上，依然活在過去的影子裏，無法直接面對現實。」所以生活雖然美好，「此地仍是他鄉」。

以上分析的三種「失城文學」的不同變奏，無論是回流後的失落、本地人感歎世事變遷或南來者無法面對現實，背後可能都有具體的歷史政治文化線索可以尋找。但香港小說除了在有意無意間體現詹姆遜（Fredric Jameson）所謂的「第三世界」弱小族羣的「民族—國家寓言」以外，卻也時時透出後現代的荒誕。有時人與人之間的「他鄉感」可能更加驚心動魄 —— 與顏純鈎的〈耳朵〉藉用荒誕細節拷問正常人性異曲同工，許榮輝的獲獎短篇〈鼠〉描寫來自異鄉的滿大姨因為愛好養鼠引起主人公全家生活氣氛大亂，但小說更令人震動的情節是主人公在逐漸習慣、接受滿大姨的怪癖後，卻在電梯等公共場所又有鄰居市民以驚恐目光看着他……黃碧雲評論這篇小說「以日常生活語言，寫一個驚慄而悲哀的寓言。小說的張力在於：以為她寫這些，其實寫另一些；以為她平淡安穩，原來她煩躁張狂。壓抑與低沉有卡夫卡的氣味⋯⋯」從〈失城〉的具體憤怒，到〈鼠〉的抽象荒誕，乃至余非〈天不再空〉的綠色關懷，總而言之，太愛這個城市了，才會失落，才會感歎「此地他鄉」。

三

很多香港小說喜歡「故事新編」，而且和電視劇、武俠小說大膽改造歷史或名著一樣，作家重寫經典橋段時也充滿弔詭奇思，常將中國文學傳統「創造性轉化」。比如劉以鬯〈寺內〉討論張生紅娘諸位的潛意識，李碧華《青蛇》渲染小青暗戀許仙而法海則是同性戀，《潘金蓮之前世今生》裏的金蓮武松居然來了香港，等等。劉以鬯新作〈盤古與黑〉篇幅雖短，但在文體及至印刷字體上都有大膽實驗。近年來最引人注目的「故事新編」除了西西相當前衛的歷史小說〈浪子燕青〉[7]以外，便是伊凡（孔慧怡）發表在《香港文學》上的系列短篇〈才子佳人的背面〉了。這些短篇後來在台北麥田結集出版時改題為《婦解現代版才子佳人》，究竟才子佳人如何婦解怎樣現代？第一篇〈後花園贈金〉可視為最佳代表。小說的大部分篇幅，以舒緩秀氣的文字從容敍述進學應考的朱公子在途中為某富家小姐接濟黃金三十兩，書生感激不盡，與小姐斷弦起誓。小說後半段才不動聲色地顯出「戲肉」：書生走後夫人丫頭卻幫小姐將「信物」貼上條子寫明姓名年月時辰，為的是以後不要弄錯——原來小姐每晚贈金，在上京應考的幾十上百名書生身上廣作投資，不怕日後沒有狀元探花回來。伊凡這個「故事新編」顯示了香港近年短篇的另一個重要特點：「愛情即戰爭」。具體分析，這種「愛情戰爭」發生在男女之間，主要形式是提防、猜疑、試探、防範、進攻、躲閃、計謀、策略、猶豫、迷惑……戀愛的結果並不重要，遊戲過程便是一切。「五四」以來，〈銀灰色的死〉〈傷逝〉《家》等愛情小說，基本上都是男女雙方與社會環境作戰，男女之間即使有矛盾衝突，也是社會因素所致或反映外界壓力。直到〈傾城之戀〉愛情故事的主戰場才從男女與社會之間轉到男人與女人之間。張愛玲的影響在今天的香港文學中隨處可見，邱心〈八月一日小說仿作・仿作非小說〉甚至在一段纏綿細密的憂鬱文字之後直接討論「模仿張愛玲小說應該注意哪幾個方面」。如果說八十年代黃碧雲文學清潔細節豐滿的〈盛世戀〉，成功繼承張愛玲遺風，那麼收入本選集的將愛情寫成病態生理本能的〈嘔吐〉，則可視為「愛情戰爭」的最新發展。

如果換成男性敘事角度，例如羅貴祥〈我所知的愛慾二三事〉，「戰爭」就會更加赤裸更加複雜。剛離婚的「我」一方面暗戀朋友的女友，一方面又回憶母親與她的年輕情人之間的親密場面：「他解去母親襯上的鈕扣，探手去摸她的乳房……他拉開他褲子的拉鏈，跟着拉母親的手進去。我閉上眼睛，在恐慌的黑暗之中，甚麼聲音也沒有聽到。」這樣的愛慾文字，就像莫言描寫「奶奶的性解放」一樣，不是吸引讀者進入場景，而是幫助讀者拉開距離。

也有「愛情戰爭」發生在同性之間——不是作為情敵爭奪異性，而是同性之間在戀愛中的掙扎以及與社會作戰。黃碧雲的〈她是女子，我也是女子〉用「廝守終生」的「仿婚約」來解釋、規範女性之間的情愛；發表在《香港文學展顏》第九輯中蔡志峰的獲獎小說〈復活不復活是氣旋〉[8] 則以更加大膽的細節與技巧宣示男性之間的情慾，驚世駭俗，無論其文學效果還是同志愛主題都更具挑戰性。相比黃碧雲等寫女同性戀側重心靈情意溝通，蔡志峰解析男同志愛則更直面肉身衝突。

編選《香港短篇小說選》我試圖依據兩條標準。一是「好作品」——不僅在香港文學範圍裏看是「好作品」，而且在全部現代漢語的文學中，在文學的一般定義中也是「好作品」；二是「重要作品」——也就是說近年來香港小說發展中有影響有代表或引起爭議的作品。兩條標準之中，前者是主要的標準。在閱讀幾百上千篇小說的時候我其實並沒有想到如何分類怎樣評價，所以本文中所討論的所謂「漂流異國」「此地他鄉」「愛情戰爭」等線索並不是我閱讀、編選小說的標準，而只是我在初選過程中或編選完成後才形成的批評概念。

所以這篇文章，如同本人的編選工作一樣，受到很多主客觀因素的限制，一定無法展示近年香港短篇小說發展的全貌。即使是文中所論及的短篇小說，其主題的多義性與意象技巧的複雜性，也並非上述幾個批評概念所能涵括。歸根到底，本文不過是筆者個人的閱讀筆記而已——至於這些小說中間、背後那神秘的城市，我是在其間生活越久，就越是感覺難以評說。

寫於 1999 年 4 月 12 日

本文原為《香港短篇小說選 1994—1995》(香港：三聯書店，2000)的編者序。收入《香港短篇小說初探》(香港：天地圖書，2005)。

1 黎翠華：〈仲夏之魘〉，收入《香港短篇小說選 1996—1997》，原載《香港筆薈》1997 年 3 月第 11 期。

2 見關麗珊編：《我們的城市 —— 香港短篇小說選》，香港：普普工作坊，1998 年。

3 也斯：〈邊界〉，《香港文學》第 109 期。

4 鍾曉陽：〈未亡人〉，《燃燒之後》，香港：天地圖書，1993 年。

5 董啟章：〈永盛街興衰史〉，「舞進上環」計劃作品展覽，1995 年 2 月 17 日。

6 見王璞：《知更鳥》，香港：基督教文藝出版社，1998 年。

7 西西：〈浪子燕青〉，收入《香港短篇小說選 1996—1997》，原載《素葉》1996 年 9 月第 61 期。

8 蔡志峰：〈復活不復活是氣旋〉，《香港文學展顏 —— 市政局中文文學創作獎獲獎作品集》第 9 輯，香港：市政局公共圖書館出版，1994 年。

附錄

《香港短篇小說選 1994—1995》目錄及作者簡介

目錄

作者簡介

黃碧雲　1961 年出生於香港，香港中文大學畢業，主修新聞及廣播。後於巴黎第一大學修讀法文及法國文化課程。曾任記者、編輯。出版有散文集《揚眉女子》，小說集《其後》《溫柔與暴烈》。《溫柔與暴烈》獲香港市政局 1995 年香港中文文學小說組雙年獎。

也斯　原名梁秉鈞。六十年代後期開始從事小說創作，並翻譯法國新小說及拉丁美洲小說。著有小說集《養龍人師門》(1979)、〈剪紙〉(1982)、《島和大陸》(1987)、《三魚集》(1988)、《布拉格的明信片》(1990)、《記憶的城市・虛構的城市》(1993)、《尋找空間》(1994) 等。《布拉格的明信片》曾獲第一屆中文文學雙年獎。時為嶺南大學中文系教授。

許榮輝　福建晉江人，新聞從業員。作品主要發表在《香港文學》。曾在一篇小說中這樣寫道：「有了豐富的人生經驗是叫人愉快的，每一個人生階段的經驗都讓自己登高了點，把人生看全了些。」文學的魅力就在這裏，可以提高我們，把人生看全點，看透點。喜歡哲理性的小說，用現代的寫作技巧，透過或許在現實生活中不可能有的事件或環境，揭示人生最真實的本質。也喜歡那些以樸實無華、優美的文字寫的具本地濃厚生活氣息的作品。

辛其氏　廣東順德人，1950 年香港出生。1969 年開始寫作，作品主要刊於《素葉文學》，並散見於港台各大報章、雜誌。1989 年底，移情戲曲，欣賞粵劇之餘，執筆為之，以感性和輕鬆的筆調記錄演出實況，抒發對戲曲藝術以至人事、人生的感懷，文章其後結集成《閒筆戲寫》，為創作歷程的另一方向。歷年文章結集順列如下：《每逢佳節》(散文)，香港：素葉出版社 (1985)，《青色的月牙》(短篇小說)，台灣：洪範書店 (1986)，《紅格子酒鋪》(長篇小說)，香港：素葉出版社 (1994)，該小說獲市政局第三屆 (1995) 香港中文文學雙年獎，《閒筆戲寫》(散文、劇評、訪問)，香港：素葉出版社 (1998)，該書獲市政局第五屆 (1999) 香港中文文學雙年獎。

馬國明　1952 年生於香港。1974 年，第三次考大學入學試才考進中文大學，就讀歷史系，五年後畢業。曾任職中學教師、出版社編輯和書店經理。1995 年，以四十三歲之高齡獲得香港大學比較文學系碩士學位。著作有：《從自由主義到社會主義》《路邊政治經濟學》和《班雅明》。偶然在報章發表政論文章。最大的願望是能夠把讀過和想讀的書放在家裏。最不願見的是書店結業，被迫轉作全職作家。

董啟章　1967 年生於香港。香港大學比較文學系碩士，從事寫作及兼職教學，已出版作品有小說《紀念冊》(1995)、《小冬校園》(1995)、《家課冊》(1996)(突破)、《安卓珍尼 —— 一個不存在的物種的進化史》(1996)、《地圖集 —— 一個想像的城市的考古學》(1997)(聯合文學)、《雙身》(1997)(聯經)、《名字的玫瑰》(1997)(普普)、《V 城繁勝錄》(1998)(香港藝術中心)、《The Catalog》(1999)(三人出版 Catalog Series)，評論集《同代人》(1998)(三人)，編著及合著文學閱讀集有《說書人 —— 閱讀與評論合集》(1996)(香江)、《講話文章 —— 訪問、閱讀十位香港作家》(1996)、《講話文章 II —— 香港青年作家訪談與評介》(1997)(三人)。1994 年獲台灣聯合文學小說新人獎，1995 年獲台灣聯合報文學獎長篇小說特別獎，1997 年獲香港藝術發展局文學獎新秀獎。

海辛　男，原名鄭辛雄，常用筆名還有范劍、辛雨等，廣東中山人。1930 年生於中山農村。中學時，受老師鼓勵，熱愛寫作。1946 年移居香港。先後在麪包店、酒店、理髮店、五金廠做過工。五十年代中，曾學習電影編導，後轉入電影公司為影片宣傳。七十年代初開始專職寫作。作品以小說為主，主要有《飛向藍天》《銀色的漩渦》《叛逆的女兒》《西瓜成熟的時候》《染色的鴿子》《寒夜的微笑》《救生圈》《乞丐公主》《塘西三代名花》《花族留痕》《荒城》《廟街兩妙族》《戴臉譜的香港人》及短篇小說選集《海辛卷》等。

心猿　心猿在香港唸比較文學及藝術，畢業後在電台、電視台及報刊文化版工作，曾在美國進修，後於英國深造。《狂城亂馬》(青文，1996) 是心猿第一本小說，1994 年曾在《現代日報》連載，寫攝影記者老馬和文化版記者小茜置身後過渡期香江的一段穿梭港九的間諜愛情政治傳奇，此書曾獲第四屆香港中文文學雙年獎小說獎。

王璞　生於香港，長於內地。上海華東師大文學碩士。1988 年來港定居。後任教於香港嶺南學院中文系。著有短篇小說集：《女人的故事》《雨又悄悄》《知更鳥》，散文集《呢喃細語》《整理抽屜》《別人的窗口》，文學評論集《我看文學 —— 從西方到香港》，長篇小說《么舅傳奇》獲 1998 年天地圖書公司長篇小說創作獎冠軍。

舒非　本名蔡嘉蘋。生於福建鼓浪嶼，1977 年移居香港。任職出版社編輯，業餘寫作。作品散見報紙副刊、文藝版和雜誌。已出版的個人專集有《蠶癡》（新詩）、《記憶中的風景》（散文）。

劉以鬯　原名劉同繹，《香港文學》社長兼總編輯。1941 年上海聖約翰大學畢業，曾在重慶《國民公報》《掃蕩報》及《和平日報》任副刊主編，在上海辦懷正文化社。1951 年任香港《星島週報》執行編輯及《西點》雜誌主編；其後歷任《香港時報》《快報》《星島晚報・大會堂》等副刊主編。創辦《香港文學》月刊，並任總編輯。長期為報刊撰寫小說。為臨時市政局「作家留駐計劃」第一任作家，編撰《香港文學作家傳略》。時任香港作家聯會會長、香港文學研究會會長、臨時市政局文學藝術顧問，作品甚豐，包括小說《酒徒》《他有一把鋒利的小刀》、評論《端木蕻良論》等。《劉以鬯中篇小說集》為第四屆香港中文文學雙年獎小說組獲獎作品。

伊凡　伊凡的中文名字是孔慧怡，因為從小慣用英文名字 Eva，因此音譯為筆名。伊凡二字，也可以這樣解釋：伊是上海話的她；凡是平凡。想是從小知道自己運道好，希望老天不要因此太生氣。伊凡的第一篇小說八十年代初發表在《皇冠》雜誌，1985 年起在《星島日報》寫專欄，九十年代中寫了一系列以女性為中心的短篇小說，1999 年又開始發表用英語寫的詩。孔慧怡則比較愛務正業，1986 年底出任香港中文大學翻譯研究中心主任，到現在似乎還「雖九死而猶未悔」。

邱心　1994 年畢業於香港中文大學中國語言及文學系，對於讀書時代的迷戀跡近鄉愁，覺得美好時光莫過於此。作品散見於《香港短篇小說選（1990—1993）》（黎海華編）、《我們不是天使》（關麗珊編）和《我們的小說》（關麗珊編）等。

余非　香港出生。香港中文大學中文系學士、碩士，英國士他令大學出版學碩士。在港長期擔任編輯工作。業餘從事文藝寫作，短篇小說結集有《天不再空》（1994）、《暖熱》（1998），評論結集有《長短章 —— 閱讀西西及其他》（1997），中學生讀物有《514 童黨殺人事件 —— 給「閱讀報告」另一種選擇》。

羅貴祥　六十年代生於香港。美國史丹福大學研究院畢業。曾在多所大學任短期教職，後於香港浸會大學英文系及人文學科部教書。著有《大衆文化與香港》《慾望肚臍眼》及《德勒兹》，並替友人編有《觀景窗》文化評論集一種。對於文學創作，極有興趣，只是欠缺積極性與時間，甚至變為學術研究空檔中的遊藝。時間許可時，仍有參與舞台劇本的工作，1997 年的兩個作品《慾望肚臍眼》及《三級女子殺人事件》分別由第四線劇社及無人地帶演出。

蔡志峰　筆名智瘋，1972 年生，曾任職年輕人雜誌《Amoeba》《Mag Paper》編輯。1991 年小說得「市政局中文文學創作獎」。著有詩集《停屍間》。從事小說創作。

1997 年的香港短篇小說

一

《香港短篇小說選 1996—1997》收選了這兩年間初次發表(或初次結集出版)的短篇小說十七篇，其中包括幾篇 1996—1997 市政局中文創作獎和第二十四屆青年文學獎的獲獎作品。近年來的香港文學以幾百字專欄散文與十五至二十萬字的袖珍便攜式長篇(或專欄結集)較為發達，能夠發表幾千上萬字短篇的文學雜誌不多。印刷形式、發表渠道及流通過程都會制約影響文體(甚至語言)的發展變化，所以香港的短篇或者很精練(報紙副刊通常只提供數千字篇幅)，或者很舒展(一些長篇中的章節又可以獨立發表自成短篇，這也是香港文學的一種頗為獨特的文體現象[1])。香港目前並沒有專門發表中篇小說的期刊，市政局及其他文學評獎對小說字數的規定也較具彈性，一些二、三萬字的小說常常在《素葉》或《香港文學》上發表或連載。在沒有中篇選本的情況下，「短篇小說選」責無旁貸也應當收集這類小說。

在解釋「發表年限」與「短篇定義」以後，書名上仍有一個概念「香港」需要繼續界定 —— 這種界定牽涉到一個在評論界一直引起爭論的話題：甚麼是「香港文學」？

在確定「香港短篇小說」的範圍時，至少有四項條件通常會被考慮：第一，作者身份（是否「香港法律定義下的香港居民」）；第二，寫作環境（是否「在本地寫作」，是否至少有一個時期在香港生活）；第三，發表出版（是否在香港擁有讀者）；第四，作品內容（是否直接描寫香港）？

在我看來，第四項條件不是定義香港小說的先決條件，可以暫時先不考慮。劉以鬯〈寺內〉、金庸《鹿鼎記》都不寫香港，但應該都是香港小說。反之大概沒有人會將王安憶的〈香港的情與愛〉列為香港小說——雖然小說從題材到題目都寫香港。作品中的「香港故事」，這是評論家和香港文化研究者後來關心的題目。小說內容是否描寫香港與能否列入香港小說範圍，兩者之間並無必然聯繫。

其他三項——本地身份、本地寫作、本地出版——顯然都是確定「香港小說」範圍的重要條件。如果三項條件皆符合，就像本選集中的大部分作品那樣，當然都是典型的「香港小說」，不必多論。但如果有作品不能完全符合這三項條件，情況就會變得稍微複雜一些：

第一種情況如收入本選集的〈安卓珍尼〉，董啟章是香港作家，也在本地寫作，作品在台北獲獎、出版。以往西西也有不少小說集在台北出版。可見缺乏條件三，僅依據「香港身份」與「本地寫作」，人們仍然會認為〈安卓珍尼〉是「香港小說」。

第二種情況如鍾曉陽、亦舒等人的小說，作者是香港作家，作品也在香港發表出版，在香港擁有很多讀者，但可能目前不是「在本地寫作」，而是在悉尼或多倫多寫作。我在另一篇文章中專門討論過這種現象，就如郁達夫寫於日本的〈沉淪〉和徐志摩寫於印度洋郵輪的〈再別康橋〉都屬於中國現代文學一樣道理，雖然不在「本地寫作」，僅依據「香港身份」與「香港讀者市場」，人們還是會將鍾曉陽、亦舒的作品視為「香港小說」。

這是否說明在作者身份、寫作地點與讀者對象三項條件中，只要符合其中任何兩項就可以被視為香港小說呢？我們來看比較令人困惑的第三種情況。有些作者可能不是「香港法律定義下的香港居民」(可能沒住夠七年；或未申請成為香港永久居民；或者早在別的地方出名，例如余光中、施叔青，後來在香港住了很久，人們還是不將他們視為「香港人」)，但他們在香港寫作，也在香港發表，並擁有香港讀者——我在編選《香港短篇小說選》的過程中常常疑惑：究竟余光中〈牛蛙記〉、施叔青《香港的故事》等是否屬於香港文學？如果缺乏香港身份，能否依據「本地寫作」與「本地出版」這兩項條件確定一篇作品是否香港小說？——我對這個問題也沒有答案。本選集收入了短篇小說〈孔晴〉，因為我認為作品中的「愛情戰爭」場面很有香港味道，文字也非常特別。雖然《素葉》編輯告訴過我，作者海靜在香港生活，卻可能「不是香港人」[2]。我發現在這種情況下，作品是否表現香港，以及作品是否對香港文學界乃至香港文學史產生影響，才成為人們考慮的附加因素。

綜合以上幾種可能的情況，可以引出兩點推論：一，列入本選集選擇範圍的「香港小說」應該符合本地身份、本地寫作與本地出版這三項條件中的至少兩項條件。單獨一個因素總是不夠的(比如作者雖有香港身份，卻一直在內地或國外寫作和發表，香港讀者從來沒有機會接觸其作品，這時他或她的小說也很難入選《香港短篇小說選》……)。二，如果擁有「香港身份」，再加上「寫作環境」或「本地出版」等任何一項條件，便充分符合「香港小說」的一般定義。但如果缺乏「香港身份」，則需要滿足其他各種條件——「本地寫作」「香港出版」，再加上描寫「香港故事」以及對香港文學史產生影響等附加因素，能不能被大家約定俗成地視為「香港小說」，仍是疑問。可見三項條件並不是同樣重要，「香港身份」是最關鍵的因素——這是否說明「香港文學」之所以成為「話題」，歸根結柢是與「身份認同」的危機與覺醒有關？

不過我在參與編選這套選集時，既關心「香港」，也關心「小說」。誠如藤野先生給魯迅的臨別贈言：小而言之為了國家，大而言之為了學術。在《香港短篇小說選 1994—1995》的序言中我試圖說明自己依據的標準：「一是『好作品』——不僅在香港文學範圍裏看是『好作品』，而且在全部現代漢語的文學中，甚至在文學的一般定義中也是『好作品』；二是『重要作品』——也就是說近年來香港小說發展中有影響有代表或引起爭議的作品。兩條標準之中，前者是主要的標準」。在這裏我想補充的是，「好作品」的標準可能比較主觀，「重要作品」卻比較有客觀依據——比如獲獎、引起爭議等等。我希望這套選本至少有兩種功能，一是顯示這兩年來香港短篇小說中的佳品傑作，二是顯示香港短篇小說的最新變化發展趨向。兩者可以統一，但也常常有所不同。

二

按照市政局中文文學創作獎的有關規定，獲獎作品應該由市政局圖書館結集出版，而不能在其他雜誌或書籍發表出版。感謝市政局圖書館和作者的允許，我們可以將許榮輝的〈心情〉收入本選集。這個短篇能夠獲得 1996—1997 香港市政局中文文學創作小說組的第一名，當然不僅僅是因為小說傳遞着一種特殊時刻的特殊情緒，更在於小說選擇了一個與眾不同而且比較複雜的角度來表達「九七心情」。為金錢、良知、生存策略等現實問題所困擾的男主人公，獨自坐在那個雕像被淋紅漆的公園裏回想往事：

母親工作的餅廠曾在公園側，……他一直無法記牢這座都市一些重要事件和它們發生的日期，記不牢並不是他對這都市沒有感情，而是他一直感到他是在用全副精力吃力地應付着平凡的日子，再無餘暇顧及了……大概該是六十年代尾的某個日子，但那天的天氣他是一直記得很清楚的，暖洋洋的秋日照射在工廠的大門，大門卻是關閉着，疲態不堪的女工坐在廠門口，都是很無奈的樣子。這個情景在他少年時期給他難以磨滅的印象，以致他日後一直無法接受那些低矮樓房已變成高樓大廈的事實。

這些年來有不少小說都描寫主人公在心裏以溫馨的感覺懷念過去並排斥今天的高樓大廈，〈心情〉與其他因為太熱愛這個城市因而對這個城市產生了陌生感的小說的一個不同之處就是，這裏有一個曾經參與艱辛創業如今卻無法分享繁榮的老年女工的視角。「這座都市的人就像圍繞着這都市的海港的水，都換了。」小說中最令人震動的一刻是：幾十年後主人公又和母親一起坐電車經過被明亮大廈包圍的公園，主人公正要抒發一些感慨，身旁的母親卻已疲累睡着了……

「此地是他鄉」主題可以有種種不同變奏：黃碧雲（〈失城〉）、黎翠華（〈仲夏之魘〉）、也斯（〈邊界〉）渲染的是漂泊或回流的失落，馬國明（〈荃灣的童年〉）、董啟章（〈永盛街興衰史〉）、許榮輝（〈心情〉）等感歎城市世事變遷，王璞（〈紅梅谷〉〈話題〉）、舒非（〈窗外紅花〉）則描寫南來者總是尋找往事舊夢……如果說所有這些「此地他鄉」的感慨背後可能都有具體的歷史政治文化線索可以尋找，那麼在更年輕一代筆下的對這個城市的疏離，其意象指涉就更為抽象。似乎不僅近年來「我們的城市」成了「他鄉」，而是懷疑：城市本來就不是「我們的」？或者：城市本來就是「他鄉」？十七歲中學生韓麗珠的短篇〈輪水管森林〉已經被收入不止一個選本，作品用一連串殘雪式的細節（洗腸、偷窺、病房等）將外婆的垂死（和〈心情〉異曲同工，又是辛勞大半生的老年女人）與城市的更新聯繫起來，其中輸水管更成為既令人讚歎又令人恐懼的都市風景：「我看見對面大廈的水管像一堆腸子彎彎曲曲地纏在一起，盤結在一樓的檐篷上。那之前，它筆直地爬上樓頂，然後走進每所房子裏……多條蒼白的輸水管，在醫院背後的牆壁，不規則地分佈着，像樹木的枝椏，向四面八方伸展。」除了這種視覺上的暈眩，還有聽覺上的煩躁。黃敏華的〈少言妙音〉將都市的聲音作為主題：「我嘗試將難聽的聲音都想像成眨眼之間就會消散的煙霞，又想像它是由垃圾車熏散開來的臭氣，可以在微風一拂以後湮滅。但總是行不通。……那夜我再走到囂鬧的旺角，那裏比日間更能容忍噪音的存在，我拿出兩支手槍，站在千萬行人與小販的面前向他們掃射，倒下後竟不是一片寧靜，卻是人們不倦的叫聲笑聲說話聲和吵架聲，我仰聲大叫，醒了。我摸着牀頭的菜刀，想着人們被割破喉嚨的情形……」小說結尾處的暴力場面過於血腥，但貫穿全篇的聲音恐懼，以及少言和妙音這兩個人物敘事角度的微妙切換，相當精彩。小說發表於《第二十四屆青年文學獎文集》（香港：獲益出版，1998），但獲獎是在 1996 年（「第二十四屆青年文學獎」小說高級組亞軍）。和〈心情〉一樣，我們將獲獎和參加公開展覽也視為某種形式的「發表」，因而收入本選集。

和「此地是他鄉」同樣值得注意的香港近年短篇的另一個重要特點是：「愛情即戰爭」。三角四角戀愛的「情場」多數是流行小說的「戰場」，「五四」新文學主要表現熱戀者與傳統社會之間的矛盾，而現在香港比較嚴肅的小說則側重於分析發生在熱戀男女或熱戀同性之間的「愛情戰爭」：提防、猜疑、試探、防範、進攻、躲閃、計謀、策略、猶豫、迷惑……發表在《素葉》上的短篇〈孔晴〉，文字細碎煩膩得很有特點，故事在囉嗦平淡中滲透張力：女秘書很多次搭乘上司的車，經過無數的心力角逐，最後還是沒有發生甚麼事（或者說不知道會發生甚麼事）……不知道這是不是每天在中環灣仔銅鑼灣發生的「典型」的香港愛情故事？其實，「男女愛情戰爭」的戰火源於上海（張愛玲的《傳奇》），「同志愛情戰爭」在台灣戰事更加激烈，似乎只有第三種「愛情戰爭」才可能是香港的首創。這種情愛故事既不發生在男女之間，也不爆發於同性之中，而是所謂「一個人的戰爭」：電影中有「東方不敗」的神秘雙身，小說裏則有董啟章製造的雌雄同體「安卓珍尼」。黃碧雲和董啟章是近年來香港最引人注目的兩位小說家。前者的創作根植於情感心創，所以溫柔暴烈，快意恩仇，激憤張狂；後者的靈感則來自理性實驗，所以能把玩形式，製造突破，解構理論。如果說前者的藝術是一種「病」，一種癡迷；後者的書寫則是一種冷靜的「後設」。〈安卓珍尼——一個不存在的物種的進化史〉講述女主人公煩膩了丈夫在半山豪宅裏呵護統治，到大帽山探險時終於又害怕原始野性的男人，最後在她所尋找的單性繁殖的動物「安卓珍尼」身上找到了自己。小說在台灣獲獎時得到平路、鍾玲等人的激賞，被認為是「以女性視角而反思男性沙文主義的精闢處……觸及了性別問題的核心，直指繁衍這件事的本質。」其實，在別處（如短篇〈皮箱女孩〉）董啟章解析渲染男性的性幻想也可以像羅貴祥（〈愛吃消夜的二哥和夜光錶〉）一樣出神入化。在有意識背負香港作家的使命感而寫作的《地圖集》〈永盛街興衰史〉中，董啟章建構身份認同的努力也頗有成效。按照他自己的說法，「小說發展到現今這樣的地步，其基本形態差不多已經完全確立，其可能性好像已經消耗殆盡，連甚麼離經叛道的反小說實驗也已經山窮水盡了」，所以「與其說我是在寫小說，或者是創作小說，不如說我是在模擬小說。」—— 董啟章的這種小說理論與實踐，也代表了近年香港文學發展中很有意思的一種文學（文化）現象。

當然，香港小說的魅力之一，就像這個城市一樣，很難用一、兩個所謂「主流現象」來加以概括。同樣契合甚至帶領青年人的閱讀潮流，關麗珊的〈青鳥〉（和她認真編選的很多新人小說集一樣）清新浪漫，潘國靈的〈我到底失去了甚麼〉色彩奇異，陳潔心的〈鐵軌上的掠影〉更加飄忽反叛。收入本選集的黃碧雲的〈心經〉大膽描寫中國新變化新問題（港人在內地開廠失火又遇女人等等），筆觸是一貫的細柔狂暴，細節畫面卻比她過去〈雙城月〉等奇幻怪誕的文革想像要「現實」具體得多。比較以往的「五四」小說或當今的香港散文，香港小說中以諷刺幽默見長的作品似乎不多。李默發表在《明報》上的〈改頭換臉之旅〉是為數不多的嘗試。讀到崑南〈鯨變〉這樣充滿悟性的短篇實在令人驚喜，部分原因大概也是因為自己是從契訶夫、莫泊桑那裏開始讀短篇的，雖然現在已生活在充滿「創意媒體」的後現代，對各種長短文體實驗已見怪不怪，但可能骨子裏對短篇小說，還是有一個比較 Classical 的「偏見」……像董啟章《地圖集》、鍾玲玲《玫瑰念珠》以及鍾偉民、李碧華、也斯等人的一些近作，雖然從文字看我很喜歡，但終究不知如何在文體上切割到「短篇小說」的定義中去，所以最後只能割愛。西西也許有些例外，〈骨架〉是一個典型的短篇（內容也是討論短篇寫作），〈浪子燕青〉卻是一種前衛大膽的文體實驗。兩篇作品均收入本選集（文學是一項無法平均的事業，《香港短篇小說選 1994—1995》也曾收入黃碧雲的〈失城〉與〈嘔吐〉）。

本選集與《香港短篇小說選 1994—1995》幾乎是同時編選的。具體編選過程前後大半年。我的辦法很簡單，自己先讀作品，閱讀之前儘量少看評論（評論也確實不多），少聽別人意見（談論小說的人也不多）。我「通讀」了這幾年的《香港文學》《素葉》《香港筆薈》《香港作家報》等刊物以及《明報》《星島日報》等報紙的文藝副刊，也翻閱了大部分這幾年在出版的香港作者的短篇小說集，還瀏覽了諸如《良友》畫報甚至《明報週刊》等有時刊登小說的流行雜誌，等等。我的體會是香港不是很少人寫小說，而是很少人評小說。在閱讀幾百上千個短篇的過程中我列出初選目錄，這時再設法聽取一些專家（大都是學院中人）的意見。我應該在此向黃子平、王德威、劉紹銘、劉以鬯、梁秉鈞、陳炳良、西西、何福仁、許迪鏘、鄭樹森、顏純鈎、王璞、黃繼持、小思、董啟章、蔡嘉蘋等同行師友表示感謝。他們或者給我提供詳細意見，或者只是稍加指點提醒，卻都對本書的編選有很大的幫助。此外還要感謝我在嶺南大學中文系的很多學生，他們不僅熱心給我推薦具體作品，更重要的是和我分享他們真實的細緻的閱讀體會，有時各抒己見，爭論激烈。他們中間有些人頗熱愛創作，他們是我想像中的《香港短篇小說選》的基本讀者。或許過幾年他們就會成為《香港短篇小說選》的作者之一，也未可知？

當然，一定會有很多好作品和重要作品被遺漏，入選的小說也可能在很多人看來不是好作品或重要作品。好在香港現在開始有很多不同選本，或者可以互相補充，從不同側面顯示香港文學的佳作精品及發展趨向。

寫於 1999 年 8 月 12 日

本文原為《香港短篇小說選 1996—1997》（香港：三聯書店，2000）的編者序。收入《香港短篇小說初探》（香港：天地圖書，2005）。

1 如辛其氏發表在《素葉》第 52 期上的〈瑪麗木旋〉，也是《紅格子酒鋪》中的一章；也斯發表在《香港文學》第 109 期上的〈邊界〉，原收入《記憶的城市・虛構的城市》。

2 實為誤會。後來海靜在作者介紹中這樣聲明：「原名賴淑姬，廣東省潮安人。1969 年香港出生，土生土長。」

附錄

《香港短篇小說選 1996—1997》目錄及作者簡介

目錄

作者簡介

許榮輝　福建晉江人，新聞從業員。作品主要發表在《香港文學》。曾在一篇小說中這樣寫道：「有了豐富的人生經驗是叫人愉快的，每一個人生階段的經驗都讓自己登高了點，把人生看全了些。」文學的魅力就在這裏，可以提高我們，把人生看全點，看透點。喜歡哲理性的小說，用現代的寫作技巧，透過或許在現實生活中不可能有的事件或環境，揭示人生最真實的本質。也喜歡那些以樸實無華、優美的文字寫的具本地濃厚生活氣息的作品。

韓麗珠　又名可可。香港出生，又在香港讀書。住在公共屋邨，常常看見許多輸水管，在屋子和屋子之間交纏，搬家後再沒有看見，還未自覺。寫這篇小說時，是個中六生，聽王菲的《墮落》，在濕冷的天氣下，捧着一杯熱水，那是 1996 年 4 月 8 日。

黄敏華　嶺南學院（最後一屆）翻譯系畢業生。小時候曾多次於歌唱比賽獲獎，以為長大後可以當歌手。1996 年開始認真寫故事，〈少言妙音〉曾獲第二十四屆青年文學獎小說高級組亞軍，1997 年以〈維特的煩惱〉獲香港電台及科技大學合辦之青年文學創作營小說組優異獎，作品〈回憶於不能成長的空間〉收入青文書屋出版的《空間、成長、回憶》(1997)，其他文章多載於《星島日報・星林》版。喜歡涉獵各樣題材以虛構非現實生活的故事。謝謝〈安卓珍尼〉，沒有了你，則不會有〈少言妙音〉，以及其後的我存在。

黄碧雲　1961 年出生於香港，香港中文大學畢業，主修新聞及廣播。後於巴黎第一大學修讀法文及法國文化課程。曾任記者、編輯。出版有散文集《揚眉女子》，小說集《其後》《溫柔與暴烈》。《溫柔與暴烈》獲香港市政局 1995 年香港中文文學小說組雙年獎。

黎翠華　1975 年中學畢業後即開始習畫，先後在嶺海藝術專科學校、理工學校設計系、中大西洋畫及版畫班學習。1978 年起，開始創作新詩、散文、小說，發表於各報章雜誌。1979 年獲第六屆青年文學獎新詩組優異獎。

1983 年離港前往法國朗斯省朗斯大學攻讀法文。1987 年於巴黎十七版畫室研習版畫，同年獲市政局中文文學獎小說組第一名，1988 年獲台灣中央日報短篇小說佳作獎。著有小說集《靡室靡家》等。

海靜　原名賴淑姬，廣東省潮安人。1969 年香港出生，土生土長。1991 年畢業於香港大學，主修翻譯，第十七屆青年文學獎幹事。曾任公務員、見習律師。起初投稿於報章的學生創作園地，如《明報》《東方日報》，作品散見於《突破》《滄浪》《寫作雙月刊》《我們》《素葉文學》和《詩雙月刊》等。

王璞　生於香港，長於內地。上海華東師大文學碩士。1988 年來港定居。後任教於香港嶺南學院中文系。著有短篇小說集：《女人的故事》《雨又悄悄》《知更鳥》，散文集《呢喃細語》《整理抽屜》《別人的窗口》，文學評論集《我看文學 —— 從西方到香港》，長篇小說《么舅傳奇》獲 1998 年天地圖書公司長篇小說創作獎冠軍。

羅貴祥　六十年代生於香港。美國史丹福大學研究院畢業。曾在多所大學任短期教職，後於香港浸會大學英文系及人文學科部教書。著有《大衆文化與香港》《慾望肚臍眼》及《德勒兹》，並替友人編有《觀景窗》文化評論集一種。對於文學創作，極有興趣，只是欠缺積極性與時間，甚至變為學術研究空檔中的遊藝。時間許可時，仍有參與舞台劇本的工作，1997 年的兩個作品《慾望肚臍眼》及《三級女子殺人事件》分別由第四線劇社及無人地帶演出。

董啟章　1967 年生於香港。香港大學比較文學系碩士，從事寫作及教學，已出版作品有小說《紀念冊》(1995)、《小冬校園》(1995)、《家課冊》(1996)(突破)、《安卓珍尼 —— 一個不存在的物種的進化史》(1996)、《地圖集 —— 一個想像的城市的考古學》(1997)(聯合文學)、《雙身》(1997)(聯經)、《名字的玫瑰》(1997)(普普)、《V 城繁勝錄》(1998)(香港藝術中心)、《The Catalog》(1999)(三人出版 Catalog Series)，評論集《同代人》(1998)(三人)，編著及合著文學閱讀集有《說書人 —— 閱讀與評論合集》(1996)(香江)、《講話文章 —— 訪問、閱讀十位香港作家》(1996)、《講話文章 II ——

香港青年作家訪談與評介》(1997)(三人)。1994 年獲台灣聯合文學小說新人獎，1995 年獲台灣聯合報文學獎長篇小說特別獎，1997 年獲香港藝術發展局文學獎新秀獎。

西西　感謝父母賜我健全之軀，賜我以張騫、張岱的姓氏；儘管張騫不一定姓張。感謝父母帶我來到肥土鎮，在那些艱苦的歲月中，差堪溫飽，仍然盡力供我這女兒讀書，讓我可以在比較自由安定的環境裏成長，並且寫作。寫作，是我對生命最大的發現，四十多年來仍然充滿魅力，充滿驚喜。但願我的寫作能夠回饋父母、回報這地方。

顏純鈎　1948 年 6 月出生，原籍福建晉江安海，畢業於晉江安海養正中學。1978 年來港，歷任報館校對、編輯及出版機構編輯主任、副總編輯。曾獲第八屆青年文學獎小說高級組冠軍、首屆博益小說創作比賽冠軍，台灣行政院新聞局 1991 年電影劇本徵選優等獎。著有短篇小說集《紅綠燈》《天譴》，電影文學劇本《血雨》，散文集《自得集》。

李默　原名李楚君，另筆名秦楚。自 1975 年開始，歷任電台電視節目主持，電影電視編劇及客串演出，著名影評人及作家。1985 年赴紐約進修演藝，並為當地華人電視台製作藝術節目。1990 年創立「香港文化藝術工作者聯合會」，積極爭取、推廣、監督本港的文化政策；1994 年獲寫作界推選為代表任「藝術發展局」(第一屆) 委員。李默寫作多元化，散文、雜文、藝評、小說皆具特色，出版著作有《蒹葭》《樹上蓮》《靜物，再見》《此時此處此模樣 96—97》等廿二本。

陳潔心　生於香港，畢業於浸會大學人文學科，主修文學及專業寫作，現任出版社編輯。曾獲第廿三屆青年文學獎高級組散文亞軍，第廿四屆新詩亞軍及小說季軍；1997 年香港電台與科技大學合辦之青年文學創作營非小說組優異獎。以安徒生童話為題材的一組詩作十一首，收入《安徒生寫意集》(基督教文藝出版社，1999 年)。

崑南　原名岑崑南，1935 年 9 月 12 日在香港出生，處女座，原籍廣東省恩平縣。父親岑梯雲，畢生精研風水，《華僑日報》創辦人之一，以九十八高齡逝世。1955 年畢業於香港華仁書院，同年榮獲香港聯合國協會主辦的「全港播音劇比賽」第一名。1956 年至 1963 年加入香港公務員行列，同時為各報刊撰寫專欄；1964 年開始正式展開報業生涯，先後在《中西日報》《紅綠日報》《天天日報》《南華晚報》《香港時報》《東方日報》《經濟日報》《成報》等負責副刊編輯。1963 年榮獲中英學會《英文虎報》《星島日報》《華僑日報》聯合舉辦的文學作品獎英文詩歌冠軍。1959 年與王無邪、葉維廉創立現代文學美術學會，曾創辦《詩朵》(1955 年)、《新思潮》(1959 年)、《好望角》(1963 年) 等純文學刊物；1967 年出版及主編《香港青年週報》《新週刊》(1971 年)。個人作品有《吻，創世紀的冠冕！》(1955 年)、《地的門》(1961 年)、《五人話集》(1976 年)、《慾季》(1984 年)、《戲鯨的風流》(1998 年)。

潘國靈　香港土生土長，曾任職《明報》副刊記者、音樂會策劃、網上書店策劃編輯等工作。1999 年獲香港科技大學人文學文學碩士，後於該系擔任助教。曾出版《約你再愛一次》(合著，突破)、短篇小說集《傷城記》(天地)、《香港 101 —— 愛恨香港的 101 個理由》(合著，文林社)、攝影集《歲月無聲消逝》(負責編撰)。除小說外，也嘗試其他形式的文字和音樂創作，現為香港作曲家及作詞家協會會員。曾獲香港公開音樂創作比賽最佳作曲及最佳作詞獎，及 1998 年市政局中文文學創作獎優異獎。

關麗珊　香港出生，從事寫作和編輯工作。1996 年成立普普工作坊，出版一系列香港文學著作。個人作品有小說《燃燒在冰冷都市的愛》《與天使同眠》《沒有終點的假期》《時間流轉的聲音》《快樂的蜜糖圈餅》，散文《藍色夏日》，評論《遊戲時讀書》等。編有四本小說選《我們不是天使》《我們的城市》《我們的小說》和《我們的故事》，並編著報道文學《我們的天空 —— 被社會遺忘的檔案及其他》。

「後殖民小說」與「香港意識」

一

三聯書店出版的《香港短篇小說選》雙年選本十幾年來一直比較注重收選香港的「文藝小說」，通常並不包括坊間十分流行的武俠、言情或其他暢銷小說。「文藝小說」這個概念，正如黃繼持所說，其實不無語病：「『新文學』格局的小說，港人曾籠統稱之曰『文藝小說』。……本意或因其『文類』之新而賦予正面價值，但往往也用作商品標籤，加於某些言情或感傷小說、帶點『文藝腔』者，以別於『舊』式的通俗小說……」[1] 本來小說就是文藝之一種，文學性和藝術價值當是小說題中應有之義。但在香港文化的特定語境中，「文藝小說」的確比「純文學」「嚴肅文學」等術語更具明確內涵，不容易產生誤會。當然，有意追求文藝性的小說，其實也並不一定必然比武俠、言情等其他類型的小說具有更高的文學性與藝術價值。在傳統上，香港「文藝小說」所具有的意識形態功能一向相當有限。從來都很少有香港的中短篇小說會引起市民大眾廣泛注意進而改變一代社會思潮甚至影響香港的文化、教育政策，也罕有小說家會因其創作而進入政府公務員體制同時直接間接地影響政治生態（所有這些情況在古代乃至現當代中國都屢見不鮮）。香港文學影響、改變香港社會主流價值觀念系統的作用，不僅不如馬會、電視等大眾娛樂工（商）業來得直接明顯，而且在文學範圍內，「文藝小說」的社會影響也不及報刊上的專欄散文或武俠長篇。

然而，即使是在社會上如此邊緣化的「文藝小說」，在九十年代卻也有意無意地承擔起建構、改造香港主流意識形態的使命。這種意識形態，就是今天很多人在討論的所謂「香港意識」。具體在中短篇小說中，就是種種形態不同、技法各異的「此地是他鄉」的故事，即「失城文學」。

短篇〈失城〉在時間與空間上都有三個層次的選擇。時間結構上先是主人公因為「九七憂慮」而移民北美，然後又覺得加拿大也是「一座冰天雪地的大監獄……」，因此從一個城市漂流到另一個城市，離鄉背井的精神危機逐漸演化成丈夫對妻子出於愛慾的殺意以及母親對孩子的半瘋狂虐待。終於又逃回香港，「然而我已無法再認得香港」。在對「我城」的陌生以及恐懼壓迫下最後殺死妻兒並冷靜報警。與上述離城（失望）—漂流（再失望）—回城（絕望）的三次時間意義上的選擇並存並置的是小說中三個主人公的不同選擇：陳路遠這個有原則有心志的香港人（港大舊生）又「坐洋監」又回流固然走投無路，審理此兇殺案的即將退休的英國警官伊雲斯其實也是一位與陳「異病同因而相憐」的「失城者」，更不應忽視的是作為鄰居身為救護員與殯儀經紀的詹克明、愛玉夫婦，好像只是見慣慘酷的冷靜旁觀敘事者，其實也是「失城」後的年輕麻木承受者。他們在浴缸中倒紅酒「浴血」做愛的「時代末」頹廢以及快樂癡呆兒的意象，可能比陳路遠與伊雲斯的「失城」更令讀者歎息。「癡呆孩子快樂地生長，臉孔粉紅，只是不會轉臉，整天很專注的看着一個人，一件事，將來是一個專注生活的孩子。城市有火災有甚麼政制爭論，有人移民又有人惶恐，然而我和愛玉還會好好的生活的。」[2]

如果說九十年代中期香港小說體現了很多陳路遠們的激憤絕望（偶爾也聯想到伊雲斯的失落），那麼近幾年來作家與讀者似乎更關心詹克明夫婦「由恐怖而生滑稽」的生活態度與他們那癡呆兒的「快樂處境」了。換言之，這本 1998—1999 年的小說選本，有意無意在記錄世紀末「失城之後」的人心世態與文學。

有幾個比較明顯的變化。第一，香港人「漂流海外」的故事在減少。香港作家以前描寫「洋監」生活，說明移民者是被迫或很不情願地失去「喜歡飲茶，看明周，炒地產」的香港生活方式，同時這些有關異國的故事大都發表在香港的報刊雜誌，可能也滿足沒法「坐洋監」的香港讀者的中文想像需求。不知道這是否因為在 1997 以後，「香港生活方式」（尤其在經濟、物質層面）好像並沒有出現陳路遠預期的戲劇性變化，所以「漂泊海外」的故事（就像移民現實一樣），至少暫時，不再那麼引人注目。綠騎士整本《壺底咖啡館》，文字和人情一般練達，都是為香港報刊讀者而寫的法國風景。激憤雖然少了，鄉情卻婉轉沉重。〈回鄉〉[3] 一篇，寫男主角為親人的骨灰盒單獨買机票回鄉，引來法國机場管理部門怀疑困惑。無意中，最新的港人海外故事變成了傳統的華人海外故事。

不僅「漂流異國」故事不多，而且從政治角度感慨「此地是他鄉」的小說這兩、三年來也明顯減少。在《香港短篇小說選 1998—1999》中像〈失城〉般可以讀作時代轉折見證的作品只有也斯的〈後殖民食物與愛情〉和文津的〈老鼠〉。同類感歎香港變化太快因而對「此地」突然產生陌生、恐懼感並因此要尋找、建構、保衛「我城」歷史的作品，在九十年代前期至中期，可以說是香港小說的主流。短短幾年，文學刊物明顯增多了，可是這類激憤抗議宣示「香港意識」的作品卻似乎一下子沉寂了。難道文學，真的那麼容易那麼直接受政治影響？

〈後殖民食物與愛情〉中其實仍然貫穿「香港意識」的核心問題，即身份困惑。主人公居然有三個生日，大概每一個生日都不難被「後殖民論述」找出歷史象徵意義：「當年父母偷渡來港，我是私家接生的，連出世紙也沒有。長大以後去領身份證的時候不懂看英文就把當天的日期當生日寫上去了。家裏提的是中國陰曆的日子；身份證上是應付官方的虛構日期；還有姨媽後來替我從萬年曆推算出來的日子，我備而不用，也沒有真正核對過。就這樣三個日子在不同場合輪番使用，隨便應對過去……」[4] 作品裏也有「此地他鄉」的怀舊感慨，而且明顯跨越了朝代：「他記得前朝那高貴的暗綠色的法國餐廳 —— 原來現在我們坐的地方不過是當時的廚房。即使向窗外遠眺，穿過穿着鮮艷顏色旗袍的陳方安生和她的外國客人那一桌望出去，雖然依稀可見海港繁華的燈光，但也彷彿盛時不再：室內嘈吵了一點，人客隨便了一點，酒杯上少了印好的字母，連侍者倒酒的手勢也沒有那麼熟練。」怎麼看待這種變化呢？作家同時拒絕了兩種不同的態度：「然後，而今，萬紫千紅，都過去了？就像那位專欄作家說的那樣，她有一天看見這兒一位女侍應生脫下了鞋子，她由此就推論出香港的生活素質從此開始下降了？不，我知道不是這樣的。沒有這麼容易就解釋一切的公式。又或者說，貴族的特權的地方已經開放，成為一般人民的地方了？不，也不是這樣的。」這種〈剪紙〉式的以二元文化對立想像來替香港爭取「第三空間」的（不知是真心還是策略的）努力，看上去很接近周蕾關於「後殖民的香港乃被夾於兩種殖民文化……中間的受害者，……獨特的香港本土文化 —— 一種糅合中西的大都會混雜文化 —— 經已歷史地在中英間的夾縫中產生」的學術願望[5]，「一方面是民族氣節高昂的電視愛國歌曲晚會，一方面是蘭桂坊洋人頹廢的世紀末狂歡，……」但畢竟面臨歷史關頭，作家筆下的香港主人公這一次更多一些真實的迷亂：雖然「我對甚麼大日子都無所謂。但在那段日子裏我們也不能倖免地大吃大喝，荒腔走板地亂唱一通，又戀愛又失戀，整個人好似處於一種身不由己的失重的漂浮狀態」。小說中藉美食約會靠好酒上牀的「愛情」橋段其實只是副線，幾百種食品的排比羅列卻大有講究。在近幾年的香港文藝小說中，也斯的〈後殖民食物與愛情〉可以說是對「九七過渡」比較直接明顯的見證了。當然，見證方式，卻是婉轉曲折，「食色，性也」。

和〈後殖民食物與愛情〉一樣可以被我們從政治文化角度作「創造性解讀」（很可能是「創造性誤讀」）的還有文津的〈老鼠〉。小說篇幅雖短，幾個意象之間的關係卻頗耐人尋味。住在酒樓上面拼命做愛又夢見半山豪宅的米奇、米妮是香港新一代，衛生不佳的酒樓以及從酒樓爬上來的老鼠好像正面臨被消滅危險的本地世俗，兩個年輕人又搬來一張清代的太師椅。「黃梨木的紋飾裏，還飄着陳年的幾絲迷迭香，可能還有鴉片香。他們也擁抱着，嗅着對方的體香。……這張太師椅一直等待復辟康雍乾正大光明的百年盛世，想不到現在等到的是一對赤裸的男女。」[6] 小說結尾時男女主角已分手一年，米妮最懷念的不是太師椅上荒唐的做愛姿勢，而是酒樓倒閉時的哀傷平靜。「很久很久以後，她都記得那種感覺：她的手捏着用報紙包好的鼠屍，軟綿綿的，那種感覺就像握着米奇的身體，不會噁心，只是一切都過去了。」

在我讀來，這不只是一篇情場筆記。

二

九十年代中期比較活躍的幾種「失城文學」，如上所述，「漂流異國」和「此地他鄉」的故事近年來或者明顯減少或者變得委婉曲折，新舊移民的懷舊小說依然存在，但是獲得引人注目發展的卻是第四種表現「城市異化」的實驗小說。

王璞近年來的創作實可以說形成了一種新的懷舊小說格式：在香港安寧生活着的主人公總是突然碰到一件往事（一首歌、一個老友、一張舊照……），然後就立刻情不自禁從幸福的現實中抽離出來，在〈丟手絹〉[7]裏，舊照片使主人公和其他幾個或發達或落魄的老同學新移民一起回想童年遊戲的殘酷性。在〈真相〉[8]裏對一件導致弟弟受傷的封存往事的梳理，延伸出有關忘卻與記憶的痛苦思考：「這一來我們家就變成了一個沒有歷史、禁忌重重的地方，任何人一進了這道家門，就只說一些瑣碎的現實小事……」這可以是指中原往事不堪回首，但又何嘗不能泛言任何對時間性的空間封閉。在〈跳房子〉裏，在香港重逢小學同學而且發展成一段微妙關係，最後兒時遊戲（即西西說的「跳格子」）又化為都市高樓無數房子窗口的現實。在〈嘻嘻嘻酒吧〉[9]裏，主人公因為無法抑制地哼出一段革命歌曲（革命人永遠是年輕，他好比大松樹冬夏常青……）而幾乎不為現實所容，最後被醫生診斷為「WK2型強迫記憶性癔誕症」。其實無論是王璞小說中的拉美魔幻自嘲技法，還是如黃燦然〈青春遺事〉[10]中的少年忏悔告白，或者黃燕萍獲獎小說〈又見椹子紅〉[11]中的田園野俗鄉風，這些小說中都牽涉到「香港意識」中「空間」（本土）與「時間」（歷史）之間的複雜關係，牽涉到「調節記憶」與「無法遺忘」之間的矛盾。

所謂表現「城市異化」的實驗小說，韓麗珠的〈輸水管森林〉與〈電梯〉[12]可以說是很典型的文本。某種意義上，作品裏也透出一種他鄉之感，也是對眼前的都市風景、生活方式、存在秩序表示困惑惶恐懷疑不安乃至抗拒排斥。不過這種心理上的「失城感」常常並沒有特定原因，並不必然與諸如九七憂慮或金融風暴等政治經濟困素直接有關，而是某種更為抽象的對都市（特定形態的香港都市）的陌生与疏離。在黃勁輝的〈重複的城市〉[13]中，代號 N184 的我每天駕着的士按固定時間表載客，然後在同一地點目睹乘客在搶劫案中死亡。只有依足導演指令生活才能獲得餐食並逐步升級。有一天乘客不按「劇本」死去，結果就被視為瘋子，他的角色立刻被取代。小說荒誕得極其現實，城市人每日奔忙不都在重複已知結果的過程？曹婉霞〈疲勞綜合症〉則描寫一位辛苦勤奮工作二十年的文員在某一日忽然倒下，只是睡覺吃飯，別無病症。「高聳入雲的商廈在夕陽的餘暉中耀眼生輝，我眯着眼睛，注視着路上匆匆而過的行人，感前所未有的平靜安穩，在這兒跟我相像的人何其多呢。」[14]游靜在〈陪我睡〉中以下一代口吻說「香港人比較特異，不論是在八十年代初香港經濟最蓬勃，或九十年代末香港經濟最 PK 的年代，我們的祖先都保持着每人每天平均睡眠時間最少的全球性紀錄」[15]。小說主角睡覺的姿態也很獨特，躺在廁所地板上，仰望天花板、安全箱、燈罩……也不僅僅只有年輕一代在拒絕異化，老作家崑南的近作〈ICQ 以外的介面〉[16]從題目到細節也充滿「離開這個城市」的放逐願望。同類作品中最煩躁不安的是發表在《素葉文學》第 66 期上的潘文偉的〈芭比的世界〉。不僅小說中的都市處在異化狀態，小說敘述語言也在分裂、流動、搖晃，反叛的學生腔夾雜很多艱澀的用字，一氣呵成的意象並置濃得化不開：「有若睡覺，愈飭令自己入眼便愈難睡着，結果焦灼毦氉，睜眼不寐；同樣，有人因此忘記生命舞步，有人遺失愛的鑰匙。弔詭是：愈自覺則愈執迷，賫志不去執着，本身亦不折不扣是一種執着……我從不睡亦不醒，我是身不由己。我用愛情事業家庭婚姻子女知識理想宗教革命酒精性愛賭博音樂媒體等麻醉自己（排名不分先後）……」[17]麻醉的結果，卻化入後現代平面的芭比玩具，透不過氣，也無路可走。

除了崑南以外，大部分這些抗議都市異化的作品，都出於年輕作者之手。對韓麗珠、潘文偉一代香港人而言，只在意識形態層面「保家衛港」還是不滿足。因為眼下這個城市，可能從來也不屬於他們。整個都市生態都有問題。另一些較寫實的作品，如鄺國惠的〈看樓〉[18]、戴平的〈一張裸照〉[19]、鍾菊芳的〈失足〉[20]〈好鞋子〉[21]等，也都從更具體更感性的角度，觸及都市生態與現代心態之間的複雜關係。本選集特意選收鍾菊芳的兩個短篇，同一素材，不同處理，十分耐讀。黃淑嫻的〈宋金倩在樓梯街〉[22]着意細描香港的街道市景。陳慧的〈日落安靜道〉[23]，也寫日常生活，筆致樸素感人。我以為這些從抽象意義或具體感性細節上表達對城市的疏離感的作品，可以說是九七之後香港「文藝小說」的主要收穫。

三

當然並非所有這本選集中的作品，都可以歸入上述「失城文學」的不同類型。我以為如果很難用某些特定概念來概括一時期一地域的各種文學現象，於文學發展本身，其實恐怕並非不是好事。

黃碧雲的〈桃花紅〉是本選集中唯一一部中篇，主旨是女性命運，技巧比〈失城〉純熟，尤其是駕馭場面的能力，細而不亂，膩而不煩。董啟章以英文(《The Catalog》)[24]為書名的中文短篇小說集，在印刷樣式及至挑戰中文讀者閱讀習慣方面都有相當有趣的嘗試。西西的〈長城營造〉[25]與鍾英偉〈襄驛之戰〉[26]，都是故事新編，或沉着筆記，或後現代「偽造」，都顯示着香港歷史小說之獨特創意。《香港短篇小說選 1998—1999》還有意收選了亦舒和李碧華的兩個短篇。亦舒和李碧華的作品一向十分暢銷，其實早已成為香港文學的一個組成部分。收入本選集的亦舒短篇〈諾言〉[27]，描寫女醫生如何面對弟弟結交的曾受過心理、生理創傷的女朋友。作家處理家庭人倫細節很有分寸，尤其是小說末段，在溫情中透出冷峻與無奈。李碧華的小說近年來更成為評論界學術圈內有關香港意識、身份危機的熱門話題。相信文化研究工作者，不難在其詭異佈局色慾遊戲中，找到有關香港有關城市有關性別政治有關殖民或後殖民或再被殖民或又去殖民等等新的閱讀角度。另外，我在編選過程中也注意到亦舒和李碧華（恐怕還有別的暢銷小說家）的文字越來越趨於精簡、短促、跳躍，時時省卻主語，在語言層面（敍事時間）上留下很多空白。與一些「純文學」作家如西西、也斯等人的文句越來越長越來越晦澀婉轉沉重難以言說的實驗文體恰成對照，耐人尋味。

最後是幾點簡單的結論，或者說是由上面的作品評論中所引出的若干聯想。

九十年代香港的「文藝小說」在急劇變化的社會語境中依然處在邊緣位置。與主流文化形式相比較，文藝小說在意識形態層面建構、維護「香港意識」的策略、方法很不相同：如果說流行文學、報紙專欄及電影、電視等主流文化有意以通俗、娛樂為本土特點，進而維護發展香港文化工業在華語世界及國際上的獨特地位，那麼純文學小說創作則更強調都市形態的國際性，以各種形式的「越界旅行」以及後殖民、女性主義等後現代主義西方話題來尋找香港的「本土性」。兩者共同見證並參與九十年代「香港意識」的覺醒與危機，但其間策略與目的之差異，值得注意。

香港主流文化如何形成「以通俗、娛樂為榮」的基本特點，其過程與原因頗複雜。最重要的原因恐怕一是在英語精英文化前維持大多數粵語人口的文化自信心，二是抵抗中國革命意識形態，保留傳統民俗文化和維護市民生活價值。以上兩個基本原因的优先次序可能早在九十年代之前已經調換。但香港的「純文學」除了也要抗衡上述兩重文化影響以外，更要應對通俗、娛樂的香港主流文化（甚至是主流意識形態）的壓力。這是香港小說創作相當獨特的文化處境。

在九十年代的香港小說（主要是中短篇小說）中，經常出現「此地他鄉」與「失卻城市」的主題：可以是漂流異國怀念故鄉，可能是回到香港或根本沒有離開卻發現眼前的城市面目全非，或者是安居樂業的新舊移民在往事回憶中透露對城市的陌生感，還有人不僅對九七前後的香港感到困惑，也對現代都市形態（噪音、建築、生活方式）都感到疏離。這本小說選在某種程度上，也記錄了以上幾種「他鄉」與「失城」故事類型在 1997 年以後的最新發展變化。簡而言之，「漂流異國」的故事明顯減少；「此地他鄉」的感慨由激憤張狂（比如〈失城〉）轉向戲謔婉轉（例如〈後殖民食物與愛情〉）；新舊移民依然在往事回憶中顯示對繁榮城市的陌生感，但藝術上最有收穫的卻是青年作家們對都市異化狀態的或荒誕或樸素的抗議。從「香港意識」的角度來看香港小說的近況，可以說香港小說進入了一個比較猶疑不定的時期。人們不再只是宣示「我們的城市」「我們的故事」「我們的小說」並呼喊「我們不是天使」[28]，而是還必須思考我們究竟生活在甚麼樣的城市？我們已經說了哪些的故事和小說？我們不是天使，我們是甚麼？人們不再只是以文學為工具來建構「香港意識」（毫無疑問，這是過去二、三十年來香港文學的重要特點之一），而且也以文學方式反省「香港意識」（尤其是主流意識形態）的基礎和問題。既思考以文學為工具「憂港憂民」，會不會重蹈「五四」「感時憂國」的啟蒙救亡文學乃至抗戰「文章入伍」等以文救世傳統的「光榮覆轍」，也反省在以市民價值本土世俗對抗中原士大夫文化的同時，「香港意識」與「粵語文化圈」的區別何在。

雖然電視電影報紙等主流傳媒企圖以「本土方式」（肥皂劇、跑馬文化、武俠傳統等）來保持香港文化獨特的國際地位，而香港「文藝小說」有意無意地更多採取「越洋越界旅行」的方法（現代主義技巧、「諾貝爾視野」、偽造地圖、虛構食譜、東歐流浪，再配上巴赫大提琴曲）來尋找建構維繫香港的本土意識。但值得注意的是，在香港，主流文化與先鋒小說並不截然對立，兩者越來越有相通之處。在香港主流文化中，貫穿了某種理直氣壯的俗文化精神（需要不斷製造維修以難民恐怖記憶為基礎的中原想像，因此慶幸市民有世俗物慾享受的神圣權利；或者在追求「平、靚、正」搵快錢之餘怀疑「裝修繁榮」之不可靠，所以必須憂心忡忡地赶緊快樂）。如果說主流文化有點「真俗」（相對於上海等地某種官民集體「扮雅」而言），那麼香港很多作家就比較喜歡「扮俗」。（不知誰是「真雅」？）當年《經紀日記》其實在方言人文、表現世態、刻畫人情等多方面都很有文學價值，但三蘇從來說自己只是「寫手」。被認為是代表某種集體想像的《我城》，或偶然或必然的是以童稚手法「零度經驗」配上漫畫「扮傻」敍述。《酒徒》時期的劉以鬯還區分「娛己」與「娛人」之價值高下，今日一些散文大家卻紛紛效力大眾傳媒通俗報刊，更多作家注重文字的市場化。回到本選集中的〈後殖民食物與愛情〉，也斯有意在象徵層面上將夫妻肺片、糯米釀豬大腸與各種西方美食並置一桌，顯然也在挑戰「後殖民時期」食物（豈止是食物）的固有階級、民族與文化秩序，甚至暗示「第三空間」的前景。既然作者認為香港不能夠「不是只有明天就是沒有明天」，我們現在應該生活在怎麼樣的「明天」呢 —— 小說中的男主人公兼敍事者覺得香港的法國菜已經退化，川菜因為民族主義的批評而走味，言談中較受尊重的還是「世伯」的傳統粵菜鮑參翅肚，但最常出現的卻是夫妻肺片與意大利麪條、葡式鴨飯、日本壽司共存並置，最理想的是「那些混合不同文化的食譜，帶着法國風味，又有獨立的泰國的辛辣與尊嚴，彷彿還在我的口腔裏縈繞未散」，然而，作家又馬上對自己的憧憬表示怀疑：「但它是真的存在過，還只不過是我想像出來的後殖民食物而已？」

最後這一段，是否可以換一個詞彙：「但它是真的存在過，還只不過是我想像出來的『後殖民時期』的『香港意識』而已？」

寫於 2001 年 6 月 5 日

本文原為《香港短篇小說選 1998—1999》（香港：三聯書店，2001）的編者序。收入《香港短篇小說初探》（香港：天地圖書，2005）。

1 黃繼持：〈香港小說的蹤跡〉，黃繼持、盧瑋鑾、鄭樹森：《追跡香港文學》，香港：牛津大學出版社，1998 年，頁 19。

2 黃碧雲：〈失城〉，《溫柔與暴烈》，香港：天地圖書，1994 年，頁 216。

3 綠騎士：〈回鄉〉，《壺底咖啡館》，香港：素葉出版社，1999 年。

4 也斯：〈後殖民食物與愛情〉，《純文學》（香港）復刊第 1 期，1998 年 5 月，頁 24。

5 轉引自孔誥烽：〈論說六七〉，見羅永生編：《誰的城市》，香港：牛津大學出版社，1997 年，頁 92。

6 文津：〈老鼠〉，《明報・世紀版》，1999 年 1 月 2 日。

7 王璞：〈丟手絹〉，《香港文學》1999 年第 9 期。

8 王璞：〈真相〉，《明報・世紀版》，1999 年 8 月 22 日。

9 王璞：〈嘻嘻嘻酒吧〉，《香港作家》1998 年第 10 期。

10 黃燦然：〈青春遺事〉，《香港作家》1998 年第 11 期。

11 黃燕萍：〈又見椹子紅〉，載香港《文學世紀》2000 年第 3 期。該小說 1999 年 12 月獲第五屆花蹤文學獎小說組冠軍。

12 韓麗珠：《輸水管森林》，香港：普普工作坊，1998 年。

13 黃勁輝：〈重複的城市〉，《香港文學》1998 年第 9 期。

14 曹婉霞：〈疲勞綜合症〉，《素葉文學》1998 年 11 月第 65 期。

15 游靜：〈陪我睡〉，《明報・世紀版》，1999 年 11 月 9 日。

16 崑南：〈ICQ 以外的介面〉，《明報・世紀版》，1999 年 11 月 21 日。

17 潘文偉：〈芭比的世界〉，《素葉文學》1999 年 8 月第 66 期。

18 鄺國惠：〈看樓〉，《香港作家》1998 年第 4 期。

19 戴平：〈一張裸照〉，《明報・世紀版》，1999 年 12 月 5 日。

20 鍾菊芳：〈失足〉，《明報・世紀版》，1998 年 4 月 20 日。

21 鍾菊芳：〈好鞋子〉，《明報・世紀版》，1999 年 6 月 13 日。

22 黃淑嫻：〈宋金倩在樓梯街〉，《純文學》復刊第 15 期，1999 年 7 月。

23 陳慧：〈日落安靜道〉，《明報・世紀版》，1998 年 12 月 22—23 日，25—26 日。

24 董啟章：《The Catalog》，香港：三人出版，1999 年。

25 西西：〈長城營造〉，《故事裏的故事》，台北：洪範書店，1998 年。

26 鍾英偉：〈襄驛之戰〉，《素葉文學》1999 年 8 月第 65 期。

27 亦舒：〈諾言〉，《老房子》，香港：天地，1999 年。

28 《我們的城市》《我們的故事》《我們的小說》《我們不是天使》是四本作品集的書名，均由關麗珊主編，普普工作坊出版。均獲香港藝術發展局資助。

附錄

《香港短篇小說選 1998—1999》目錄及作者簡介

目錄

作者簡介

也斯　原名梁秉鈞。六十年代後期開始從事小說創作，並翻譯法國新小說及拉丁美洲小說。著有小說集《養龍人師門》(1979)、《剪紙》(1982)、《島和大陸》(1987)、《三魚集》(1988)、《布拉格的明信片》(1990)、《記憶的城市・虛構的城市》(1993)、《尋找空間》(1994) 等。《布拉格的明信片》曾獲第一屆中文文學雙年獎。時為嶺南大學中文系教授。

文津　本名王善誌，曾獲第廿二屆香港青年文學獎小小說亞軍，作品散見於《蘋果日報》《明報》《星島日報》《滄浪》《文學村》等報章雜誌，時為《滄浪》編輯。

王璞　生於香港，長於內地。上海華東師大文學碩士。1988 年來港定居。後任教於香港嶺南大學中文系。著有短篇小說集：《女人的故事》《雨又悄悄》《知更鳥》，散文集《呢喃細語》《整理抽屜》《別人的窗口》，文學評論集《我看文學 —— 從西方到香港》，長篇小說《么舅傳奇》獲 1998 年天地圖書公司長篇小說創作獎冠軍。

西西　感謝父母賜我健全之軀，賜我以張騫、張岱的姓氏；儘管張騫不一定姓張。感謝父母帶我來到肥土鎮，在那些艱苦的歲月中，差堪溫飽，仍然盡力供我這女兒讀書，讓我可以在比較自由安定的環境裏成長，並且寫作。寫作，是我對生命最大的發現，四十多年來仍然充滿魅力，充滿驚喜。但願我的寫作能夠回饋父母、回報這地方。

亦舒　原名倪亦舒，浙江省寧波人，曾任記者、電影公司宣傳、酒店公關、電視台編劇、政府新聞官；曾用筆名駱絳、陸國、梅峰、梅阡、衣莎貝等。十五歲時開始在《明報》《中國學生週報》發表小說，著有長中短篇小說及雜文集二百一十部。

邱心　生於香港，業餘從事寫作，曾獲青年文學獎小說（高級組）第二名及市政局中文文學獎（文學評論組）第二名。創作以小說為主，作品曾收入《香港短篇小說選 1994—1995》《我們的小說》和《坐看雲起時 —— 中大校園散文選》等。

李碧華　出生、成長於香港，任職記者（人物專訪）、電視編劇、電影編劇及舞劇策劃。其中電影作品有：《父子情》《胭脂扣》《霸王別姬》《潘金蓮之前世今生》《秦俑》《川島芳子》《誘僧》《青蛇》等。雖屢獲國際獎項，卻如已潑出去的水，只希望最好的作品仍未寫就。專欄及小說在中國內地及港台地區、新馬等報刊登載，並結集出版五十多本。多國譯本已印行。美國 WILLIAM MORROW 出版社擁有部分小說中文以外世界版權。作者認為人生所追求不外「自由」與「快樂」，作風低調，活得逍遙。

陳慧　祖籍福建，在香港出生、長大、受教育。
曾出版《拾香紀》《味道 / 聲音》《補充練習》《四季歌》《人間少年遊》。《拾香紀》獲第五屆香港中文文學雙年獎小說組獎項。在不斷寫作的過程中，漸漸領會了「故事」的迷人與力量 —— 只要有故事，就有生活、有盼望。故事是人的安慰與平衡。這些年來，一直不變的是沉迷閱讀。陽光普照的日子心情也好。愛樹愛風。簡單地喜怒哀樂着。此刻生命裏最重要的，也就是寫作與朋友。

黃勁輝　1976 年生。香港浸會大學中文系畢業。電影編劇、導演、作家、學者。曾獲第二十五屆「香港青年文學獎」小說組優異獎；第一屆「香港文學青年營」小說組優異獎。電影《辣手回春》《鍾無艷》等編劇。

黃淑嫻　香港大學比較文學系博士，專研電影及電影與文學的關係。著有《女性書寫：電影與文學》及編有《香港文學書目：四〇—九〇》《香港影片大全 1913—1941》《香港文化多面睇》等。近年寫作以中環為背景的系列小說，已發表〈女子家居書寫〉及〈宋金倩在樓梯街〉等多篇。畢業後，獲得日本的研究獎學金，於東京大學中文系作中日跨文化研究。

黃碧雲　1961 生於香港，畢業於香港中文大學新聞系，香港大學社會學系犯罪學碩士。香港大學法律專業文憑。黃碧雲著有《揚眉女子》（香港博益）、《其後》、《溫柔與暴烈》（香港天地）、《七宗罪》、《突然我記起你的臉》、《烈女圖》（本書獲 1999 年中國時報開卷十大好書獎）、《媚行者》（台北大田出版）、《十二女色》（台北麥田出版）、《無愛紀》（大田出版），散文《我們如此很好》（香港青文）；她的小說曾入選台灣年度小說選，並獲香港市政局第三屆香港中文文學雙年獎小說獎、第四屆雙年獎散文獎、第一屆香港藝術發展局文學新秀獎。

黃燕萍　女，時為香港中文大學中文系學生。曾獲馬來西亞第五屆「花蹤文學獎・世界華文小說」首獎、第一屆「新紀元全球華文青年文學獎・散文組」一等優秀獎。

黃燦然　1963 年生於福建泉州，1978 年移居香港，1988 年畢業於廣州暨南大學，1990 年起任香港《大公報》國際新聞翻譯。著有詩集《十年詩選》《世界的隱喻》《游泳池畔的冥想》，評論集《必要的角度》和譯文集《見證與愉悅》等。

陶然　本名涂乃賢，原籍廣東蕉嶺，出生於印尼萬隆，畢業於北京師範大學中國語言文學系。時為香港作家聯會副會長、《香港文學》總編輯。著有長篇小說《一樣的天空》《與你同行》《陶然中短篇小說選》，小小說集《美人關》，散文集《回音壁》《秋天的約會》，散文詩集《夜曲》《黃昏電車》等。

曹婉霞　生於香港，畢業於香港大學中文系，時為出版社編輯。

崑南　原名岑崑南，六十年代開始寫作，曾主辦過《詩朵》《新思潮》《好望角》等文學雜誌，歷任各大報章如《天天》《成報》《東方》的副刊編輯，出版作品包括《吻，創世紀的冠冕！》《五人話集》《慾季》《戲鯨的風流》《天堂舞哉足下》等，時為《詩潮社》社長兼編輯。另六十年代的小說《地的門》已再版。2001 年底出版《崑南三世詩》（詩選集）。

游靜　自幼對數學、方向、直線、機械操作低能，惟勉力在文藝的領域中彌補失落的自尊。曾任教於香港科技大學及理工大學。時為倫敦大學博士候選人。著有文集《另起爐竈》《裙拉褲甩》。

董啟章　1967 年生於香港。香港大學比較文學系碩士，從事寫作及教學，已出版作品有小說《紀念冊》(1995)、《小冬校園》(1995)、《家課冊》(1996)(突破)、《安卓珍尼 —— 一個不存在的物種的進化史》(1996)、《地圖集 —— 一個想像的城市的考古學》(1997)(聯合文學)、《雙身》(1997)(聯經)、《名字的玫瑰》(1997)(普普)、《V 城繁勝錄》(1998)(香港藝術中心)、《The Catalog》(1999)(三人出版 Catalog Series)，評論集《同代人》(1998)(三人)，編著及合著文學閱讀集有《說書人 —— 閱讀與評論合集》(1996)(香江)、《講話文章 —— 訪問、閱讀十位香港作家》(1996)、《講話文章 II —— 香港青年作家訪談與評介》(1997)(三人)。1994 年獲台灣聯合文學小說新人獎，1995 年獲台灣聯合報文學獎長篇小說特別獎，1997 年獲香港藝術發展局文學獎新秀獎。

鄺國惠　廣東南海人，時為電視台新聞部記者。曾奪「第一屆天地長篇小說創作獎」亞軍(冠軍從缺)，得獎作品為《普洱茶》。

潘文偉　1981 年生於香港。短篇《紙鶴》獲第二十六屆(1998)香港青年文學獎季軍。時就讀於香港大學，為學生會雜誌《學苑》編輯。

綠騎士　原名陳重馨，廣東台山人。1947 年出生於香港。畢業於香港大學英文系。曾當翻譯、編輯、教師等職。
1973 年赴法，肄業於巴黎國立美術學院及於羅浮學校修讀美術史。1977 年起從事美術工作，約 1988 年開始繪畫創作，多次於歐亞展出。寫作以散文、小說為主，間有寫詩。作品散見於香港和台灣報章雜誌。著有：《綠騎士之歌》《棉衣》《深山薄雪草》《石夢》《壺底咖啡店》《悠揚四季》和《魔牆的秘密》。

戴平　原籍安徽，香港大學碩士，曾任職報社記者及編輯，長篇小說《微笑標本》獲 1996 年香港首屆天地長篇小說獎，另出版短篇小說集《蛤蟆面具》和短文集《完美主義的傷口》。

鍾英偉　1976 年於香港出生，香港浸會大學中國語言文學系畢業。

鍾菊芳　香港出生長大，尋尋覓覓兜兜轉轉跌跌撞撞來來去去間，斷斷續續地寫，希望可以寫下去，又有人看下去。

韓麗珠　作品見於《星島日報・陽光校園》《香港文學》《素葉文學》《新報 MAGIPAPER》等報。

「無愛」的新世紀？

王良和的〈魚咒〉是近年香港短篇小說的一個頗令人注目的收穫；黃碧雲〈無愛紀〉是本選集中佔據最多篇幅（恐怕也是最有分量）的作品；〈天堂舞哉足下〉和〈解體〉則是資深作家崑南、西西的最新實驗；而在諸多年輕人獲獎佳作裏，編者特別推薦研究生謝曉虹的〈理髮〉。

在編這個選本的過程中，我只是考慮小說的寫法（個人以為「怎麼寫」是衡量小說藝術的主要，甚至是唯一標準）。但在編定之後，再重新通讀一遍全部入選作品，才留意到「寫甚麼」的問題，這時我才發現這本《香港短篇小說選》幾乎可以說是一本「香港另類情色愛小說選」。其間原因，除了顯而易見也無法避免的編者的偏見以外，是否還有別的可以討論的因素呢？

不論世紀年曆怎麼劃分，這都是新世紀的第一個香港短篇小說的雙年選。近年來香港的文學期刊明顯增多，在刊物和報紙上發表的小說數量也在上升。然而，為甚麼這些小說的「題材範圍」（一時想不到新式「話語」，姑且沿用「老土」觀念）反而有些縮窄了呢？除了余非等人寫過少數諷刺辦公室政治、選舉內情的小說或老少崑南在現代主義抒情中夾一些抗議符號以外，前些年的「失城文學」好像迅速消失了。不僅直寫政治的少了，武俠科幻或社會諷刺或歷史新編或商場家族爭鬥的故事，也都不再成為「文藝小說」的敘事焦點（至少在編者比較喜愛的這些小說當中）。餘下來的，我們便看到形形色色男男女女甚至男男或女女之間的種種情 / 色 / 愛故事。而且，俊男美女有情人終成眷屬的曲折愛情白日夢也很難找到（需要者很容易移步暢銷小說書架或地鐵站報刊亭）。可以讀到的大部分書寫情色的「文藝小說」，從高手王良和、黃碧雲到名家崑南、李碧華，再到多產的陳慧、陳汗，再到王貽興、謝曉虹等「寫作新人類」，都在合作描繪一幅幅另類的香港情色地圖 —— 背後當然聳立着這個異化的迷人都市。

王良和是個詩人，有次詩歌研討會上聽他朗讀自己的親情詩篇泣不成聲。沒想到初次寫小說，剖析倫常人情如此殘酷犀利。〈魚咒〉[1]一發表便引起香港及內地評論界注意，有論者說作品是「寫生命的成長，是一個人從生命的混沌未開到明晰的過程……混沌由此展開，明晰亦繫結於那魚兒……」[2]。「在王良和的筆下……母親擔當了一個妖魔化兒時記憶的中心人物，讀來令人震悚……」[3]。也有研究者認為「小說通過人和色、『我』與金鋒、母與子、夫與妻、妻與母等等之間的對立、滲透與位移，展示了生命存在的過去與現在、正常與失常、理智與瘋癲等等之間的含混與膠着，體現了作者對複雜、矛盾生命存在的困惑與追問」[4]。作者的主觀意圖姑且不說，一個短篇被這麼多學院評論包圍，至少也說明作品中既晦澀又流麗的童年記憶及人魚隱喻再加母子性愛與暴力關係，的確有空間容納不同方位的創造性聯想（或者是創造性誤解）。而我所感興趣的，主要是詩人的小說語言，如何既揮灑又不失控。在這一點上，〈魚咒〉比他後來另一篇更加駭俗的〈身體〉[5]把握得要好一些。即使是血腥細節暴力畫面變態親情，依然寫得不動聲色且詩意盎然，文字的分寸感很強。

除了王良和的〈魚咒〉被特地排在前面以外，整個選本均以作者姓氏筆畫為序 —— 原因是集子裏的小說題旨互相越界、技法五花八門，實在難以分類。小榭的〈意粉、竹葉、小紋和其他〉[6] 是個篇幅很短的中學生習作，才情令人矚目。段落遞進意象重疊文字閃爍，主題則與前《素葉》作者郭麗容〈飛翔〉[7] 異曲同工。當然〈飛翔〉的文思更飄逸更細密，其間的性迷失也更隱晦一些。王貽興是近年頗活躍的年輕作家，已出版兩本集子，有意玩「文」不恭，顛覆規范。在他諸多挑戰性很強的感官實驗文體中，我還是選了文字比較「規矩」的〈慾望之鉗〉[8]。文綺雲的小小說〈地鐵故事：一場生日〉[9] 和陳麗娟〈6 座 20 樓 E 的 E6880**(2)〉[10] 不約而同都用並置方法剪切異化的都市風景。前者觀察敏銳，構思擁擠中的距離；後者以重複結構對分層同樓的妻妾家庭作出全然不動聲色的後現代揶揄。縱觀收入本集中的諸多涉及情愛的小說，最為癡情的反而是小榭、郭麗容小說中的性傾向迷失，最為悲觀麻木的是陳麗娟筆下的「齊人之福」與陳汗〈反手琵琶〉[11] 中的舊情人重逢，最荒誕調侃的是李碧華的〈神秘文具優惠券〉[12]（一貫的李碧華想像）和林超榮的搞笑遊戲之作〈王子愛上美人魚〉[13]，最含蓄雋永的是陳慧的〈晴朗的一天〉[14] 和葉輝的〈電話〉[15]（港版〈愛是不能忘記的〉），當然，最驚世駭俗，也最為浪漫的，還是黃碧雲的中篇〈無愛紀〉[16] 和崑南長篇新作〈天堂舞哉足下〉[17]。

王德威如此概括〈無愛紀〉的情節：「寫生命的畸戀遺恨，陰騖犀利。故事中的主人翁林楚楚是個平凡女子……她的先生另結新歡，還要與新歡移居加拿大，她的父親逝後遺下書信（還有樓產 —— 引者注），揭露了驚人的往事，而更複雜的，她女兒的男友莫如一移情別戀，對象不是別人，竟是楚楚自己」。小說題為〈無愛紀〉，「恰相反的，他（她）們正因為有太多的愛慾 —— 跨越時間、輩份、意識形態，及至性別 —— 以致無所适從起來。所謂『無愛』，只能作為情場夢斷的病徵……」[18]。李昂主編的《九十年小說選》[19] 也選取了在台灣出版的

《無愛紀》中的一個片段。本選集之所以用較多篇幅選錄整個中篇的前半部分，主要還不是因為畸情故事，而是因為畸情故事講得很清靜平和。同黃碧雲前些年的創作相比，「暴烈」少了，「溫柔」也少了。以第三人稱悄悄貼近楚楚的內視角，很多對話不加引號，與自白思緒混淆。雖驚濤駭浪卻小橋細河緩緩流出，而且在風景絕佳處戛然停住，給女主人公（以及其他為女性主義鬥爭的人們）留下了一個浪漫的省略號。作為小說而言，〈無愛紀〉顯然比憤世嫉俗感時憂港的〈失城〉及講究技法場面調度的〈桃花紅〉更自然更渾成一體，也更有文字及情感的控制感。編輯這套小說選的這幾年來我常覺得，黃碧雲之於近年香港文學，有點像王安憶在上海，或者朱天文、朱天心在台北。讀〈無愛紀〉，更堅定了我的這樣一種想法。

崑南早年的《地的門》和劉以鬯的《酒徒》一樣，是香港現代主義小說（甚至也是華文現代主義文學）的先鋒之作。相對沉寂數十年後，他新作的長篇〈天堂舞哉足下 —— 裝置小說：〇與煙花〉再次引起圈內人的注意。西西藉用羅蘭・巴特的術語稱崑南新作是「可寫的小說」—— 讀者可在閱讀過程中自行再創作。本選集只選了發表在《香港文學》中的一節，雖然情節上可能不完整，但用文字舞成各種做愛姿勢又結合世紀初的政治大煙花，應該也是「可讀的小說」。據說「裝置小說」的不同章節可以轉換秩序以不同方式閱讀。董啟章的〈體育時期 P.E. Period〉[20] 也是未出版長篇中的一節，獨立發表可能也有不同閱讀效果。也斯近作〈柏林的電郵〉通篇以「伊妹兒」串成，對短篇形式亦有大膽嘗試。

西西的文體實驗，更低調一些。〈解體〉[21] 在本選集中格外與眾不同。這篇悼念好友蔡浩泉的小說以亡友死前的靈魂為第一人稱，同時與其病中肉體及塵世對話。「沒有非常特別的感覺因為那不是感覺而是感應我竟突然顯得很充實很豐盈。事實上早在六、七十個小時之前我已經陷入昏迷狀態而昏迷了的生物不再有任何感覺包括最難忍受的痛楚。……」在香港暢銷文學越來越向簡潔跳躍，段落越來短節奏越來越快的潮流之中，西西艱澀凝重的長句實驗很值得注意。

當然，也有不少資深作家的佳作，濃情淡說，從容落筆，人情練達即文章。如阿濃的〈人間喜劇〉[22]，又如蓬草的〈就是這樣子〉[23]。綠騎士的〈跳〉[24]描寫社會競爭對人的壓迫，講的是法國故事，香港的讀者應可感同身受。而在本選集大量種種畸戀孽情性迷失或麻木悲觀男女傳奇之中，我們再讀到老詩人蔡炎培的簡單美麗的初戀故事〈五三七七〉[25]，猶如在最新款手機裏聽到最老式的電話鈴，頓時使人耳目一新。

幾篇獲獎小說中，潘國靈已不是新人，他的〈莫明其妙的失明故事〉[26]大概有意學步錢鍾書的雙重諷刺筆法，既藉社會學家莫明的眼光嘲笑廟街眾生星相占卜，同時又譏諷莫明的社會學眼光（及當代學院理論腔）。但篇中又有一個「我」直接跳出，面對看官「你」作話本式的議論介入，看似增加其實卻簡化了敘事的層次。獲得同一獎項亞軍的〈天藍水白〉[27]則以沈從文、汪曾祺式的文句，註釋出「一顆心伸展開去，就是無限」的佛學感悟。同樣是模擬的玩世不恭（村上春樹的痕跡？），梁錦輝的〈我、阿蕎、牛蛙〉[28]故作平淡地渲染大學生的墮落與真情，謝曉虹卻漫不經心地用女性主義視角梳理母女關係。〈理髮〉[29]細節有虛有實，文筆收放自如，值得一讀再讀。放在集末，也恰與首篇〈魚咒〉形成某種解析愛與母體的呼應。我們有理由期盼謝曉虹有更多作品問世。

香港的各種官辦民營文學獎項，近年發現、催生了不少佳作。而文科大學生，尤其是中文系學生，漸漸又成為獲獎文學新人的主要來源。（比如2000屆嶺南大學中文系學生的小說習作，就在梁秉鈞和王璞教授支持下結集出版，其中蘇翠珊、陳曦靜、黃靜等同學的小說均可圈可點，只是限於篇幅才未能收入本選集。)期刊方面，《香港文學》改版後本地創作的分量明顯增加。《文學世紀》《作家》《素葉》等雜誌也仍然慘澹經營，堅持不懈。雖然經濟不景，但香港這個城市，無論如何，總應該容得下、養得起幾個文學雜誌吧。

王安憶說「香港是一個大邂逅，是個奇跡性的大相遇，她是自己同自己熱戀的男人或者女人，每個夜晚都在舉行約會和訂婚禮，盡情拋灑它的熱情和音樂」[30]。王德威則把王安憶的小說語言發展成對香港文化性格的學院分析:「香港的情與愛是『自己與自己』的熱戀，我要說這是一種『自作多情』的愛。此處的『作』宜有二解。『作』可以是裝扮、臆想，但也可以是造作、發明。換句話，自『作』多情不只是具有『表演性』而已，而且也富有『生產性』的意義。」[31]

當然，上海現在也熱戀她過去的「長恨歌」，台北也癡迷自己「世紀末的華麗」。是否香港特別遭到遺棄，身處夾縫，所以特別需要執着的自戀？再讀本選集中形形色色的情色故事，從熱烈癡迷的同性戀到機械麻木的「齊人之福」，從愛情文具、美人魚等魔幻寓言到母女、母子之間的現實畸情，從解析舞蹈般做愛姿勢到愛上女兒的情人……「香港的地誌學因此不妨與香港的情慾學相提並，香港的歷史就是香港的羅曼史。」

也許，區別在於，香港主流文化暢銷作品主要體現「自作多情」的「表演性」，提供各種多情夢幻的成果；而「文藝小說」實驗藝術則更多解析「自作多情」的「生產性」，展示「自己愛上自己」的過程及工序。

寫於 2003 年 8 月 3 日

本文原為《香港短篇小說選 2000—2001》(香港：三聯書店，2004)的編者序。收入《香港短篇小說初探》(香港：天地圖書，2005)。

---

1 王良和：〈魚咒〉，《香港文學》2000 年 9 月號。

2 王緋語，轉引自陶然：〈詩人試筆寫小說〉，《香港文學》第 190 期。

3 曹惠民、陳小明：〈面對都市叢林〉，《香港文學》第 204 期。

4 王毅：〈歷史、生命、道德規約〉，《香港文學》第 204 期。

5 王良和：〈身體〉，《香港文學》2001 年 8 月號。

6 小榭：〈意粉、竹葉、小紋和其他〉，《作家》2000 年 10 月第 7 期。

7 郭麗容：〈飛翔〉，《作家》2000 年 10 月第 7 期。

8 王貽興：〈慾望之鉗〉，《作家》2000 年 12 月第 8 期。

9 文綺雲：〈地鐵故事：一場生日〉，《香港文學》2001 年 1 月號。

10 陳麗娟：〈6 座 20 樓 E 的 E6880**(2)〉，《香港文學》2000 年 11 月號。

11 陳汗：〈反手琵琶〉，《作家》2000 年 8 月第 6 期。

12 李碧華：〈神秘文具優惠券〉，《淩遲》，香港：天地圖書，2001 年。

13 林超榮：〈王子愛上美人魚〉，《作家》2000 年 8 月第 6 期。

14 陳慧：〈晴朗的一天〉，《香港文學》2001 年 4 月號。

15 葉輝：〈電話〉，《香港文學》2001 年 8 月號。

16 黃碧雲：〈無愛紀〉，《無愛紀》，台北：大田出版，2001 年。

17 崑南：〈天堂舞哉足下〉，《香港文學》2001 年 3 月號。

18 王德威：〈香港的情與愛：回歸後的小說敍事與慾望〉，《聯合文學》2000 年第 8 期。

19 李昂編：《九十年小說選》，台北：九歌文庫，2002 年。

20 董啟章：〈體育時期 P.E. Period〉，《作家》2001 年 6 月第 5 期。

21 西西：〈解體〉，《素葉》2000 年 12 月第 68 期。

22 阿濃：〈人間喜劇〉，《香港文學》2000 年 11 月號。

23 蓬草：〈就是這樣子〉，《香港文學》2001 年第 8 期。

24 綠騎士：〈跳〉，《素葉》2000 年 12 月第 68 期。

25 蔡炎培：〈五三七七〉，《作家》2000 年 12 月第 8 期。

26 潘國靈：〈莫明其妙的失明故事〉，《第 27 屆青年文學獎文集》，香港：獲益出版，2001 年。本文獲第 27 屆青年文學獎小說高級組冠軍。

27 祝捷：〈天藍水白〉，《第 27 屆青年文學獎文集》，香港：獲益出版，2001 年。本文獲第 27 屆青年文學獎小說高級組亞軍。

28 梁錦輝：〈我、阿蕎、牛蛙〉，《香港文學展顏》第 14 輯。本文獲 2000 年香港中文文學創作獎小說組冠軍。

29 謝曉虹：〈理髮〉，《香港文學》2001 年 9 月號。本文獲香港首屆大學文學獎小說組冠軍。

30 王安憶：〈香港的情與愛〉，《香港的情與愛》，北京：作家出版社，1996 年。

31 王德威：〈香港的情與愛：回歸後的小說敘事與慾望〉，《聯合文學》2000 年第 8 期。

附錄

《香港短篇小說選 2000—2001》目錄及作者簡介

目錄

作者簡介

王良和　原籍浙江紹興，在香港出生。香港中文大學榮譽文學士，香港大學哲學碩士，香港浸會大學哲學博士，時任教於香港教育學院中文系。曾獲青年文學獎、中文文學獎、中文文學雙年獎、香港藝術發展局文學獎。著有詩集《驚髮》《柚燈》《火中之磨》《樹根頌》《尚未誕生》；散文集《秋水》《山水之間》；小說集《魚咒》。《魚咒》獲第七屆香港中文文學雙年獎小說獎。

小樹　原名謝莉，時在美國加州大學讀書。寫這篇小說時，身在香港，差三個月才是香港法定成人；三年後，身在美國，仍然差三個月才成為美國法定成人。行行重行行，不過是繞到了地球背面的另一個起點。

王貽興　作品曾獲青年文學獎小說組首獎及市政局文學獎優異，首部結集《無城有愛》獲第七屆小說雙年獎首獎。

文綺雲　香港中文大學中文系畢業，曾任記者，自由撰稿機械，閒時寫小說平衡生活。

西西　感謝父母賜我健全之軀，賜我以張騫、張岱的姓氏；儘管張騫不一定姓張。感謝父母帶我來到肥土鎮，在那些艱苦的歲月中，差堪溫飽，仍然盡力供我這女兒讀書，讓我可以在比較自由安定的環境裏成長，並且寫作。寫作，是我對生命最大的發現，四十多年來仍然充滿魅力，充滿驚喜。但願我的寫作能夠回饋父母、回報這地方。

沈大中　台灣大學外文系畢業，有短篇小說〈那片模糊的燈火〉〈驚喜〉等。

李碧華　出生、成長於香港，任職記者（人物專訪）、電視編劇、電影編劇及舞劇策劃。其中電影作品有：《父子情》《胭脂扣》《霸王別姬》《潘金蓮之前世今生》《秦俑》《川島芳子》《誘僧》《青蛇》等。雖屢獲國際獎項，卻如已潑出去的水，只希望最好的作品仍未寫就。專欄及小說在中國內地及港台地區、新馬等報刊登載，並結集出版六十多本。多國譯本已印行。美國 WILLIAM MORROW 出版社擁有部分小說中文以外世界版權。作者認為人生所追求不外「自由」與「快樂」，作風低調，活得逍遙。

阿濃　教育工作者，業餘寫作，著有童話、散文、小說八十多種。兩度被中學生選為「最喜愛作家」，著作有《阿濃說故事 100》《阿濃小小說》《本班最後一個乖仔》《不一樣的故事》《新愛的教育》等。

林超榮　資深編劇人，專欄快刀手。文風辛辣，嬉笑怒罵；思想新奇，別樹一幟。

祝捷　新秀作家。

陳汗　原名陳錦昌，香港中文大學中文系畢業，歷任編輯、記者、教師、編劇、導演、網絡發展經理、電子書顧問。出版過散文集《斷絃琴》、詩集《情是何物》《佛釘十架》、電影劇本《愛情 BEST BEFORE 7.97》、小說《穿山甲人》。
從事電影及廣告工作，曾以《飛越黃昏》獲「香港電影金像獎」最佳編劇，《佛釘十架》獲香港詩雙年獎。

陳慧　在香港出生、長大、受教育。曾出版小說《拾香紀》《味道 / 聲音》《補充練習》《四季歌》《人間少年遊》《看過去》《好味道》及散文集《物以情聚》。《拾香紀》獲第五屆香港中文文學雙年獎。

陳麗娟　生於香港，香港中文大學英文系畢業。作品散見《素葉文學》《詩潮》《秋螢》詩刊等。

梁錦輝　祖籍廣東，香港土生土長。
一位作家朋友曾向我提醒，文字創作該多一點社會責任。現在紙與筆的距離遠了，筆尖也稍微重了點。目前看的多，寫得少。

黃碧雲　1961 生於香港，畢業於香港中文大學新聞系，香港大學社會學系犯罪學碩士。香港大學法律專業文憑。黃碧雲著有《揚眉女子》(香港博益)、《其後》、《溫柔與暴烈》(香港天地)、《七宗罪》、《突然我記起你的臉》、《烈女圖》(本書獲 1999 年中國時報開卷十大好書獎)、《媚行者》(台北大田出版)、《十二女色》(台北麥田出版)、《無愛紀》(大田出版)，散文《我們如此很好》(香港青文)；她的小說曾入選台灣年度小說選，並獲香港市政局第三屆香港中文文學雙年獎小說獎、第四屆雙年獎散文獎、第一屆香港藝術發展局文學新秀獎。

郭麗容　遊學歸港後，小說風格大變，嘗試淡化情節，轉換思考，與舊作《某些生活日誌》大異其趣，《飛翔》便是一例。

崑南　六十年代從事寫作，曾創辦過《詩朵》《新思潮》《好望角》等前衛刊物，《文藝新潮》的主力作者之一，及後創辦過《香港青年週報》《新週刊》。曾任各大報章如《天天》《成報》《東方》《經濟》的副刊編輯，著作有《慾季》《戲鯨的風流》《地的門》《天堂舞哉足下》等，2000 年創辦《詩潮》月刊。曾任公共圖書館「文學雙年獎詩歌組」、港台「六十年代徵文」、《東方日報》「暑期青年作文比賽」評審。時任「香港藝術發展局文學藝術」評審及顧問之一。

葉輝　原名葉德輝，1952 年生於香港。1976 年與詩友創辦《羅盤》詩刊，1984 年接任《大拇指》文藝版編輯，1986 年任《秋螢詩刊》主編，2001 年至 2002 任《詩潮》月刊編委，現為《秋螢詩刊》《文學世紀》編委。著有散文集《甕中樹》《水在瓶》《浮城後記》，中篇小說集《尋找國民黨父親的共產黨秘密》，文學評論集《書寫浮城》。《水在瓶》《浮城後記》《書寫浮城》分獲第五屆、第六屆、第七屆文學雙年獎推薦獎。

董啟章　香港大學比較文學系碩士，從事寫作及兼任香港中文大學通識學系講師，著有小說《安卓珍尼》《地圖集》《衣魚簡史》《雙身》《名字的玫瑰》《V城繁勝錄》《The Catalog》《體育時期》《練習簿》及《貝貝的文字冒險》等。曾獲聯合文學小說新人獎，聯合報文學獎長篇小說特別獎，及香港藝術發展局文學獎新秀獎。2000 年成立「文字工藝」，開辦「果占包創意寫作班」，推動寫作教育。

蓬草　原名馮淑燕，廣東新會人，在香港出生，畢業於香港柏立基教育學院，法國巴黎大學及法國國立高等翻譯學院，1975 年赴法國巴黎。專事創作和翻譯，蓬草的創作包括小說，散文及電影劇本，作品散見台灣及香港各雜誌，拍成電影的劇本有《花城》和《傾城之戀》（改編自張愛玲的同名短篇小說）。

蔡炎培　《明報》離休副刊編輯（1966—1994 任職），著有《小詩三卷》《變種的紅豆》《藍田日暖》《中國時間》《學人寫詩》《十項全能》。〈九七前後〉典藏於香港中文大學香港文學研究中心，〈詩瞳〉（1953—2003）典藏於香港中央圖書館。

潘國靈　小說作家、文化評論人。作品有《你看我看你》（2003）、小說集《病忘書》（2001）、《傷城記》（1998）、主編《王家衛的映畫世界》（2004）、合著《經典 200 —— 最佳華語電影二百部》（2002）、《香港 101》（1999）、《上海 101》（2002）等。曾獲第七屆中文文學雙年獎小說組推薦獎、中文文學創作獎季軍及優異獎、青年文學獎小說高級組冠軍等獎項。香港電影評論學會理事、香港作曲家及作詞家協會會員。

綠騎士　原名陳重馨，廣東台山人。1947 年出生於香港。畢業於香港大學英文系。曾當翻譯、編輯、教師等職。
1973 年赴法，肄業於巴黎國立美術學院及於羅浮學校修讀美術史。1977 年起從事美術工作，約 1988 年開始繪畫創作，多次於歐亞展出。寫作以散文、小說為主，間有寫詩。作品散見於香港和台灣報章雜誌。著有：《綠騎士之歌》《棉衣》《深山薄雪草》《石夢》《壺底咖啡店》《悠揚四季》《魔牆的秘密》和《啞箏之醒》。

顏純鈎　筆名慕翼、斯人、冷瑩，出生於 1948 年 6 月 23 日。祖籍福建省晉江縣安海鎮。

1978 年來港定居，任《晶報》校對，後轉任《新晚報》副刊編輯、《文匯報》副刊編輯，1988 年任天地圖書編輯主任，1996 年移民加拿大，1997 年回港，任天地圖書副總編輯。

作品包括短篇小說、散文、雜文，也寫過散文詩和電影文學劇本。曾獲香港第八屆青年文學獎小說高級組冠軍、博益小說創作比賽冠軍及台灣行政院新聞局電影劇本徵選優異獎。

已出版短篇小說集《紅綠燈》《天譴》《生死澄明》，散文選集《自得集》《飲茶聊天》及電影文學劇本《血雨》等。

謝曉虹　1998 年底開始發表作品，作品散見於香港報章及文學雜誌；另作品收入《2001 年中國香港最佳文學》、《香港文學》小說選《Danny Boy》、《香港文學》散文選《秋日邊境》。出版小說集《好黑》（青文書屋）。曾獲創作獎項：二十七屆青年文學獎散文組季軍；2000 年度中文文學創作獎小說組優異獎；第一屆大學文學獎小說及散文組冠軍；第十五屆台灣聯合文學小說新人獎短篇小說首獎。

2000年香港文學一瞥

日前和一班圈內友人說起今年香港文學的情況，至少有三件事值得提起：一是「藝展局」改名「藝發局」；二是文學期刊的突然繁榮，尤其是《文學世紀》雜誌的創刊、成功和停刊；三是秋天的張愛玲研討會。

香港政府屬下的「藝術發展局」，專門負責向文學、攝影、舞蹈、戲劇等類別的純文藝發展提供資助，若干年來對香港文化頗有貢獻。詩人梁秉鈞（也斯）、評論家張灼祥等都擔任過文學委員會的主席。讀者若留心書店內的純文學書架（通常與對面的流行文學書架壁壘森嚴界線分明），很多作品集後面都標明「承蒙香港政府藝術發展局資助」的字樣，其中也包括西西《飛氈》、鍾玲玲《玫瑰念珠》、黃子平《革命·歷史·小說》等。但近兩年來有關藝展局文委會的非議漸多，先是前文委會主席惹上官司，換人以後又在資助撥款運作程度方面受到不少批評（如《信報》2000年12月18日刊文〈藝發局文委會搞乜鬼？〉等等）。據悉2001年文委會將由商務印書館陳萬雄先生出任主席，但願會有一番新局面。然而「藝展」改名「藝發」，確有耐人尋味的反諷意義。弄文學的人誰都明白，文學不是「易發」的行業，要求文學「易發」，何必還要「藝術發展局」資助？

2000年開春，香港文學界突然繁榮起來，一下子出現了四、五家純文學期刊。其中有《作家》《純文學》和「具有香港鄉土文學」傾向的《鑪峰文藝》，還有前些年創刊的《香港筆薈》《當代文藝》，再加上已堅持多年的同仁文學雜誌《素葉》，和在 2000 年 9 月改版，由劉以鬯轉交陶然主編的《香港文學》月刊，以及香港作家聯會梅子主編的《香港作家報》等。一個六百萬人口的城市，居然同時擁有七、八家純文學期刊，一時間令人眼花繚亂，看來新世紀果然與文學繁榮有關？在這些期刊中，最令人矚目的當然是《文學世紀》（這個充滿自信的刊名據說是黃子平的建議）。《文學世紀》由劉紹銘、鄭樹森、盧瑋鑾、黃繼持、戴天、黃子平任顧問（他們不僅「顧問」，還都積極為刊物撰稿），總編輯是顏純鈎。上述別的期刊或多或少都有（或曾有）「藝發局」資助，再加上商家贊助、同仁苦撐。《文學世紀》則是「藝發局委約出版」，先編出第一期稿子再申請錢，編輯的眼光和熱心，又適逢世紀之交香港文化轉型，「香港文學」成為身份認同和身份危機的熱門話題，刊物迅速吸引了香港本土以及海內外很多名家及新人撰稿。自 2000 年 4 月創刊號起，連辦「許榮輝小輯」「也斯專輯」「黃燕萍小輯」，以及「李歐梵專訪」「金耀基專訪」和黃子平、許子東關於香港文學評獎的對談。先後發表了也斯、董啟章、王璞、戴平、崑南、海辛、韓麗珠、余非、西西等人的小說，和蔣芸、陶然、小思、多多、黃燦然、梁錫華、鄭樹森、彥火、阿濃、辛其氏、葉輝、陳慧、廖偉棠、王安憶、舒非、劉紹銘、林文月、陳炳良、洛楓、王良和、思果、劉再復等人的散文、新詩或評論。短短幾個月內，毫不誇張地說，《文學世紀》在整體質量水準上，已不在內地一些最有名的文學月刊之下。初次發表的董啟章和黃碧雲的中篇新作〈那看海的日子〉和〈七月流火〉，都是今年香港文學的重要收穫之一，更令年輕讀者關注的是刊物還推出「香港大學生作品大展」以及黃子平組稿的一些很有鋒芒銳氣的大學生評論文章。然而，這樣一家認真嚴肅的期刊，在年底被迫停刊 —— 因為得不到「藝發局」的及時資助。香港的經濟這麼繁榮，卻容不下一份好的文學雜誌。當然，《文學世紀》停刊，還有其他五、六種文學雜誌。但為甚麼，首先停刊的，是其中幾乎有目共睹最出色的呢？

中國內地是全世界文學期刊最多的地方，除了每個省、市有《上海文學》《作品》等月刊外，還有很多大型雙月刊如《收穫》《鍾山》《大家》等，不過近年來，月刊的生存越來越艱難，銷量不過萬，都面臨「斷奶」危機。台灣文學的主要領域不在期刊而在報紙副刊，副刊文學相當繁榮。香港的副刊雖多，純文學地盤卻不多，書籍出版方面亦舒、張小嫻、深雪、李敏作品的一貫暢銷突然遭遇內地出口的「新新人類」作品的競爭。倒是李碧華的《煙花三月》，以暢銷小說格式寫國難女仇（慰安婦），與黃碧雲《烈女圖》共同構成今年女性創作的新圖景。地鐵、巴士上當然仍有很多人看武俠漫畫，但純文學也有其穩定的讀者羣。比如《香港短篇小說選 1994—1995》和《香港短篇小說選 1996—1997》出乎意料地脫銷重印。僅銷台灣、香港的選本印數也不比內地出版的全國小說年選少很多，說明我們很難忽視香港文學的獨特性（這套「香港小說雙年選」將和王安憶編的《上海小說選》、王德威編的《台北小說選》一起在上海出版，「三城記」或許會使人們從一些新的視角閱讀香港文學）。近年香港文學發展的另一個契機是九七回歸之後很多海內外專家學者在香港任教或訪問，而且他們都很熱心於有關當代文學及文化的評論研究。比如九月在嶺南大學召開「張愛玲與現代中文文學」研討會，就引出了有關張愛玲與香港文學關係的很多話題，夏志清、劉紹銘、劉再復、王德威、鄭樹森、溫儒敏、王安憶、朱天文、也斯、戴天、蔣芸、黃子平、許子東、陳國球、陳清僑、鄭培凱、甘陽、劉小楓、張隆溪等海內外學者出席會議，香港各大傳媒紛紛轉載，一時成為「城中話題」，也為新世紀的香港增添一些文學氣氛。

講了不少與筆者自己有關的文與事，看似自我吹噓，其實也是孤寂中自我打氣。但願，「文學世紀」在香港不是太短促，而是剛剛開始。

寫於 2001 年 1 月

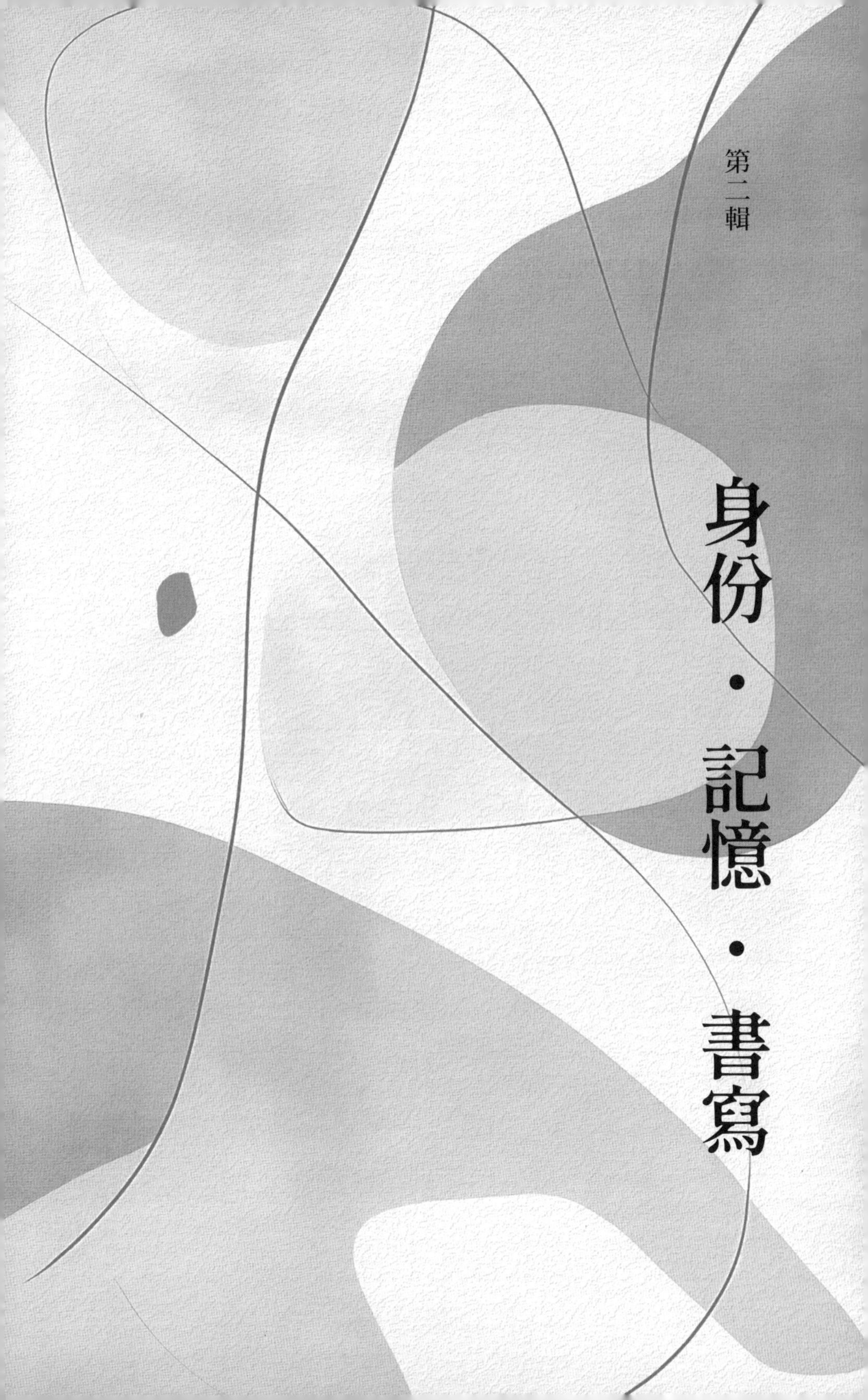

第二輯

身份・記憶・書寫

香港短篇小說中的「北方記憶」與「革命想像」

本文試圖重新閱讀七十到九十年代四篇香港短篇小說，以討論香港小說中「北方記憶」和「革命想像」之異同。所謂「北方記憶」泛指一些南來作家對「前半生」社會及生活狀況的記憶、記錄或遺忘情況。「內地前半生」通常要靠「香港後半生」才能梳理，但也同時會影響制約「香港後半生」的生態心態。所謂「革命想像」則泛指早年來港或在本港土生土長的作家們對北方中國革命（尤其是「文化大革命」）的非感性經驗，這些有關中國革命的想像方式不僅為香港故事提供邏輯前因，而且更重要的是香港故事同時又為這些中國革命困局找出頗有創意的解決方案。

一、〈姚大媽〉：原始記憶

楊明顯 1938 年生於北京，滿族正黃旗。1975 年來港，〈姚大媽〉在 1979 年獲香港第一屆中文文學創作獎小說組冠軍[1]。此時距文革結束僅三年，距十一屆三中全會即鄧小平回到權力中心才幾個月。

時間距離那麼近卻沒有損害文學創作所必須的心理距離，〈姚大媽〉比起同時期的很多傷痕文學來，空間（心理）距離產生了錘煉的憤怒，粵語接收環境又造就了京腔的陌生化效果。

特定的歷史真實，特定的社會環境，是和特定的語言氛圍緊密相關，不放在那一種語言裏，也就很難再現那一氣氛。本文稍後面會討論李碧華、黃碧雲、辛其氏的香港角度的文革故事，也都能刻畫中國革命的悲慘，但語言上始終隔了一層。海外有關文革的小說，陳若曦的〈尹縣長〉影響很大，但就語言氛圍效果論，〈姚大媽〉更加傳神。

這篇小說的結構也值得推敲。同名兩個女人，一胖一瘦，一忠一奸，看似戲劇臉譜化，其實正打破了香港（及海外）文革故事的刻板模式（紅衛兵造反派均兇神惡煞，有錢人知識分子可憐善良）。在工農羣眾對有錢階級的抄家革命中，光榮出身有造反資格的胖姚大媽為人豪爽大大咧咧心直口快，同院本應受迫害的剝削階級的瘦姚大媽卻已被改造成看風駛舵的「運動積極分子」（鐵凝長篇《玫瑰門》對這種被改造的「舊社會人物」有更深刻詳細的描述）。兩個姚大媽的「錯位」處理，既呈現實際生活之複雜性，更暗示了中國這場運動的核心要害其實並非是一部分人剝奪另一部分人，而是這種剝奪方式（「革命」的遊戲規則）其實可以剝奪任何人（包括運動的發起人）。

當然在小說中只有記錄看不到思辯，讀者只是旁觀四合院裏一些婆婆媽媽的瑣事：街坊衣着、小孩打架、鄰居慪氣、北京方言的家常玩笑。慢慢鋪陳，緩緩道來，雖有情緒衝突，卻不見殺机火氣，囉嗦，散漫，細碎……直到結局突然出現，胖姚大媽中計失言[2]，造反派女兒也救不了她的「現行反革命罪」……歐・亨利式的結尾，卻是沉重的突然。

〈姚大媽〉「香港製造」的意義在於：1. 省卻了很多內地傷痕反思文學常用的敍事策略和技巧（本來香港就沒有這種以革命論述歷史是非的問題）；2. 強調忠奸兩分法的泛倫理閱讀期待反而構成對革命紅黑簡化的解構；3. 京腔由主流語言變成邊緣語言，接收環境產生了與故事相呼應的陌生化效果。其結果，〈姚大媽〉竟比大部分寫於北京、上海的同類作品保留了更原始更樸素的「文革記憶」。

二、〈嘻嘻嘻酒吧〉：拒絕遺忘

香港雖有像〈姚大媽〉這樣一流的有關中國革命記憶的小說，但數量不多。原因之一是作家很難只靠他或她的前半生記憶來度過自由的後半生（香港不少高產作家卻很少「脫產」作家）。這裏所謂「生活」，不僅是指生計，更是指生命。前半生記憶會控制後半生的生活，即使你有意拒絕記憶努力追求遺忘。

《香港短篇小說選 1998—1999》的序言曾這樣評論王璞創作中的一種新的懷舊小說格式：「在香港安寧生活着的主人公總是突然碰到一件往事（一首歌、一個老友、一張舊照……），然後就立刻情不自禁從幸福的現實中抽離出來，在〈丟手絹〉[3] 裏，舊照片使主人公和其他幾個或發達或落魄的老同學新移民一起回想童年遊戲的殘酷性。在〈真相〉[4] 裏對一件導致弟弟受傷的封存往事的梳理，延伸出有關忘卻與記憶的痛苦思考：『這一來我們家就變成了一個沒有歷史、禁忌重重的地方，任何人一進了這道家門，就只說一些瑣碎的現實小事……』」[5] 這種中原往事不堪回首卻又無法消滅的情況，以王璞的短篇〈嘻嘻嘻酒吧〉最為典型。

> 前不久，我斷定自己得了一種病，……
>
> 已經有好一段日子了，我發現自己常常像被鬼纏上一樣，被一首歌或是一句話纏上。情況是這樣的：
>
> 突然之間，有一段旋律，通常連着歌詞，在心中湧現。它一遍

又一遍地反覆，一遍又一遍。開始還有點新鮮感或好奇感，讓我能一邊琢磨着它的情調，一邊尋思：「咦！怎麼會想起這首歌的？好多年了呀！」可漸漸地，就覺得有些不對頭了。怎麼？竟沒法把它從腦海驅除？它像蚊子一樣在身體裏盤旋，你揮揮手，它好像避開了，可是轉眼之間就又響了起來，哼哼唧唧，像一個有所要求的孩子。要命的是你不知他要求的是甚麼，他自己也不見得能説出來。[6]

男主角來港半年在某時髦鞋店打工，花言巧語賣出很多舊款鞋頗得老板賞識，卻在一次引導哄騙顧客的節骨眼上，突然忍不住心中想哼一句：革命人永遠是年輕，他好比大松樹冬夏長青……

這是歌劇《紅珊瑚》主題曲「珊瑚頌」的第一句唱詞，今天仍被北京宣傳部門視為「紅色經典」（小說裏並沒有介紹）。雖不是太紅的名曲，卻能在瞬間將「過來人」拉回到複雜的充滿青春、熱情、鬥爭和鮮血的歷史原生態。但這一句「紅色經典」出現在主人公棄文（歷史）從商（小夥計）的「不華麗轉身」的當口，不僅在象徵意義上體現了《共產黨宣言》中那揮之不去的「幽靈」與眼前成堆日本意大利皮鞋構成的戲劇性反差，更在現實層面陷主人公於「搵食」的困境。

善良的老板頗關心「我」的情況：

「你是不是病了？我看你臉色不對頭噯。」

那句歌詞還在我喉頭迴旋，我得像嚥下一口不得不受的氣一樣，一次又一次把它往下吞。在兩次吞嚥之間的空檔，我才能説出話來，我就趕緊抓住這空檔對老闆説：「對不起，我胸口痛，請半天假。」我一路小跑回到家裏。還好，房東老兩口都不在，我馬上奔進洗手間，放聲唱出了這句歌：「革命人永遠是年輕……」[7]

個人認為，以上所引文字與〈姚大媽〉的結尾一樣，是香港小說處理「北方記憶」最精彩的段落。「革命歌詞」怎么會成為洗手間裏的嘔吐物——這個意象至少有三層解讀空間。第一，從「新左」從「內地視角」看，這是中國革命的「傳奇延伸」：男主角「雖有大學學歷，但專業是歷史，在這個沒有歷史的地方，這樣的專業听上去像是諷刺」[8]。即使在資本主義繁榮下糊口打工，當年革命洗禮痕跡不會完全消失，理智上現實中被迫失憶，感情或潛意識裏卻拒絕遺忘，所以面對 GUCCI、LV 心中念念不忘「革命人永遠是年輕……」

第二，從「老右」從「香港視角」看，這是中國革命的「噩夢延續」。後來經老板介紹認識了一位香港的心理醫生，診斷為「WK2 型強迫記憶性癔誕症」[9]。

第三，倘若從小說後半部香港醫生對這一「WK2 型強迫記憶性癔誕症」的醫療方法看，這又是一個有關九十年代以後中國革命轉型的寓言：

> 一般的醫生對付這種病……就是費盡心機挖出病人得病的根源。我不否認這方法有時有一定成效，可是很容易讓一些心術不正的傢伙鑽了空子，變成窺私狂。搞得不好就成了罪犯。近年來荷李活電影不乏這樣的故事。所以我研究出一種反其道而行之的辦法。我不去追究過去，過去既是揮之不去的，我們就不作那個癡心妄想，我的辦法是用一些新印象排擠掉那些舊印象，你想必也明白，人的頭腦和一個容器一樣，容量是有限的。當新印象不斷盛入，達到一定數量之後，舊印象也就沒有容身之地了，你的毛

病也就漸漸痊癒了。[10]

這是在寫九十年代以後中國的現實嗎？香港故事，在另一層面上又成了中國的寓言：而香港又成了北方「告別革命」過程中輸入新印象、消除舊印象的重要運輸通道？

三、〈玉玦〉：災因病源

第三類將北方革命作為香港社會及人倫問題的作品很多，手頭有一例是張君默的〈玉玦〉[11]。

張君默是講故事的高手，小說《模特兒之戀》《蝶神》《蟻國》《寶圖》《異人》等均以情節曲折奇異見長。〈玉玦〉裏有三層故事，一層套一層，逐漸向讀者打開。第一層是敘事者「我」（虛擬作者）向讀者講述他在嚤囉街買玉時遇見一佝僂老人，十分懂行，卻要廉價賣給我一件珍貴玉玦（500元），自然引起「我」（及讀者）的懷疑與好奇。追問之下，便是小說第二敘事層面——佝僂老人也以第一人稱「我」向剛才的「我」講述他的故事：八、九年前在元朗屏山荒廢雞場發現一被捆綁少女（阿秀），衣衫不整，身體發抖，原來是偷渡客，游水中途丈夫被鯊魚吞吃，隻身上岸後又被滿臉歪肉的漢子強姦了。「我」（佝僂老人）於是安頓了少女，介紹她去做女工。女人年輕漂亮又懂事，老頭便因有非分之想而自責。一方面想讓阿秀嫁人，一方面又有靈肉衝突，及洗澡以後的情慾場面：

……她已經脱光了，只見一副女人的晶瑩身體，玲瓏纖巧，有一股看不見的光芒透人而來，叫人心中怦然。我自覺快要窒息。

> 我盯着她，心中激動，像是海洋的巨浪，卻翻騰了起來，她輕咬着唇皮，向我作出引誘的媚笑時，我猛然一拍桌子，斥喝她：「我可以做你老爹啦，你還分個輩分沒有，要野，浪到外面野去……」[12]

最後，「我」找媒人將阿秀嫁去美國，臨走女人為了感恩送給老人一塊玉玦，這才進入了小說的第三個層面，即「革命想像」的層面了。

原來這玉玦乃阿秀知識分子家庭的傳家寶。阿秀也做過紅衛兵造過反，見過毛主席，自家中被抄後很多文物遺失，只留下此玉。父親飽受衝擊，臨終前將玉玦傳給阿秀（偷渡前後倒也沒遺失？），阿秀現在再送給佝僂老人。

小說結尾是佝僂老人發現玉玦一向溫暖，近日忽然變涼，才知阿秀去美難產過世。傷心之餘，便送給嚤囉街愛玉同好（小說敘事者）這個玉玦及其背後故事。

問題是，這個故事不用「文革背景」也能講通。小說的第一、第二層敘事都是常見的香港故事。第一層嚤囉街風情寫古舊文物市場民俗市風相當傳神自然（張君默自己也從事玉石收藏買賣），第二層「老少畸情」也是香港娛樂雜誌和通俗小說的常見素材，為甚麼還要在這玉玦上牽出一段與北方革命有關的歷史呢？是不是有離奇的革命想像作背景，再荒誕的香港故事也能找到邏輯災因歷史病源？

李碧華《潘金蓮之前世今生》女主角來港前在上海當樣板戲芭蕾舞演員，曾被造反派領導強暴，貌似武松的男友忍氣吞聲敢怒不敢言，種下了後來在香港的感情悲劇。黃碧雲〈無愛紀〉女主角與女兒爭奪男友，其父親當年在內地也有一段痛心斷齒的感情舊緣。很多香港故事裏的性格悲劇，人物悲情和難以解開的情節絕境心理死結，其根源常常都可以上溯到北方的革命及其後果。

李碧華和黃碧雲的作品比張君默的〈玉玦〉更為出名，技巧也更純熟一些，但將北方動亂假設為香港故事奇情病源的敍述策略卻是相通的，「革命想像」在香港公眾閱讀市場裏的敍事功能也是類似的。因為這些作家在香港本土成長（或早年來港），有可能有机會有距離對中國革命隔岸觀火，所以這些「革命想像」比起前面討論的香港小說與「北方記憶」更誇張、更煽情也更符合充滿難民記憶的本土閱讀期待。

四、〈真相〉：解決方案

但香港小說並不滿足於將「北方故事」作為災因前傳，更試圖為有關中國革命的悲情故事尋找結局、了斷與解決方案。這種情況在香港文學的早期已經出現但不成功：受到夏衍鼓勵而寫作發表的侶倫的長篇《窮巷》，主人公們從內地來香港尋找經濟及心靈上的生活，幾經努力，仍然失敗，最後只好又重回內地尋找光明（其結果可想而知）。

鍾曉陽《停車暫借問》裏的民族、階級與愛情矛盾最後也在香港得到出人意料又不如人意的現實主義結局：女主角可以癡情不顧一切，男主角卻飽經滄桑心灰意懶悄悄逃遁。《霸王別姬》小說原作也寫兩個男主角歷經抗日、內戰、文革多番生死風雨後在香港電車上重看中國半個世紀現代史，唏嘘感慨。《素葉》作家辛其氏的〈真相〉[13]比起上述幾篇名作無可奈何的結局看來，更為中國革命悲劇找到某種積極的香港角度的解決方案。

小說截然分成兩部分，第一部分講在一個介乎廣東與廣西之間的村鎮上，一對孿生姐妹如何從小就不和、吵鬧和爭鬥。第一人稱的姐姐有敍事立場优勢，在小說中顯得心地善良深得父親祖父寵愛，卻是姐妹之爭中的弱者受害者。妹妹因出生時母親死亡而被家人歧視，從小心腸硬詭計多，從搶玩具奶瓶到爭學校分數及表演機會，再到見姐姐落水見死不救，再到文革時造反批判父親監視姐姐，姐妹間的嫉妒變態漸漸發展為家庭之間的仇恨。由於妹妹帶人在樹林裏追蹤批判戀愛中的姐姐和男友，第一部分結束時姐姐的男友也堅定造反並拋棄女主人公。

所有這些情節都有可能在革命運動中發生，但描述語言的「隔膜」很值得注意：「兒時家有長工黃婆」已不大可能。主人公因逃會就有「學習小組的組長向我施行一系列的再教育」，顯然是局外人的想像，因文革中已少有「學習小組」，「再教育」也另有特定所指。樹林裏「捉奸」時造反派妹妹這樣斥責「我」的男友：「陳孟冬，今日有理想的青年人都在為國家而流血而受傷，就以我們學校來說，好不容易總動員起來，為建設一個完美的社會主義新國家日以繼夜地工作、檢討、學習，貢獻我們的力量，你看你，卻躲到這裏來搞兒女私情，你難道不慚愧嗎？」[14] 從語氣到政治術語，都不像文革語言。同樣描寫上綱批判，與前面討論的楊明顯〈姚大媽〉裏的台詞 [15] 對照一下，簡直讓人怀疑是否都是同一種中文。但對於香港土生土長溫文爾雅寫文章講文革的辛其氏來說，就算模擬不了革命的內在真情，卻反而可以從外隔岸窺見革命的另一種真相。和《霸王別姬》一樣，〈真相〉也將暫時的荒誕革命與更長久的人性之合理缺陷（嫉妒、慾望、爭奪、暴力、虐待與被虐待）結合起來考察，並在小說第二部分中提出了她的（中國內地作家完全無法想像的）獨特藥方。

與第一部分梳理虛擬北方記憶很不同，小說第二部分突然轉為刑事偵訊：來港十二年的女主角程雨被控殺人而且自首認罪。原來姐姐逃亡來港之後進廠做工漸漸和管工郭祖民一起共建新生活，不料妹妹程雲在家鄉揭發批鬥父親之後也設法偷渡來港。「我」不計前仇，照顧妹妹工作生活，誰知妹妹又精心設計色誘姐姐的未婚夫。「這些年來你為甚麼還不放過我？」女主角的絕望呼喊也是所有難民的最大噩夢：好不容易到了自由的地方，過去的陰影又追隨而來。故事的進一步發展驚心動魄：妹妹砍死了姐姐的男友又偽裝現場嫁禍於姐姐，姐姐看清這一切，「呆坐廳中，苦苦思索。祖已經死去，生存在這世上對我已經沒有意義。要把兇手繩之於法，而這一個兇手又竟是我的雙生姐妹。我們都受制於命運，是性格的奴隸，冥冥之中有一股力量把我們推向一個絕望的處境，祖已付出他的代价，至於程雲，我相信她必須有一天死在自己的良心之下。……程雲既一日不可容我，而我亦心力交瘁，反正甚麼都無所謂了，踏進她的設下的圈套，未始不是我個人情操的一種完成。」[16] 接下來就是女主角認罪宣判坐牢……魯迅預言過的「革命，革革命，革革革命，革革……」[17] 的惡性循環竟在香港遇到了一個基督教式的意外了斷，是打你左耳光再送上另一邊面頰？是不如讓給醜惡來開墾，看它造成個甚麼世界？是玉石俱焚在寬恕中涅槃？……總之香港故事這時給中國革命提供了一個「想像的結局」，一個在別處不可能出現的「解決方案」。辛其氏也沒有奢望任何人，尤其是「革命人」會甘願接受這一結局方式。在全篇姐姐的第一人稱敘事之後，小說最後出現了妹妹的宣言，她從美國寫信給獄中的姐姐：「……我得不到的東西必教任何人也同樣得不到，我以為你會向我報復，但你沒有。曾經你愛的人死了，你居然無動於衷，你居然安穩地踏進我的圈套，你究竟要向世人證明甚麼？要向我證明甚麼？我討厭你這種偽善的姿態，你不要以為我會心存感激，我不會容許自己成就你的完美，我們的鬥爭將永遠持續下去，你無法逃避，我將如一個魔鬼那樣對你纏繞，我不原諒自己，但也不會原諒你！」[18]

看來「革命想像」還是沒有結束，還是緊追不放……

香港小說中的很多人物及其家族在各個時期都與內地背景直接間接有關，這些文學人物的生態心態在几乎每個歷史階段都難以完全擺脫「北方記憶」及「革命想像」。以上四篇小說從某個特定角度閱讀，也片斷記載着香港小說對中國革命或「有心記憶」，或「艱難遺忘」，或「尋找背景」，或「告別了斷」等種種複雜應對姿態。一向比較能把握本土公眾潛意識閱讀需求的李碧華，在運用北方佈景講述香港故事方面，近年有新的發展，即不再消極等候應付追隨而來的陰影，而是主動北上「迎擊」：如為中日戰爭國共內戰悲情慘果尋找比辛其氏更積極更具體解決方案的《煙花三月》。此系長篇小說，超出了本文的範圍，容後再討論。

寫於 2007 年 12 月 16 日

本文原為提交嶺南大學 2007 年 12 月「香港文學的定位、論題及發展」學術研討會的論文。發表於《現代中文文學學報》（Journal of Modern Literature in Chinese），Lingnan University，第 8.2 & 9.1 卷，2008 年 11 月，頁 132—140。

1 收入馮偉才編：《香港短篇小說選（七十年代）》，香港：天地圖書，1998 年，頁 233—255。

2 無心閒聊臉色面相，胖姚大媽說毛主席面色紅潤，一看就是忠勇福氣健康。瘦姚大媽馬上問林副主席呢？胖姚大媽說林面色太白⋯⋯

3 王璞：〈丟手絹〉，《香港文學》1999 年第 9 期。

4 王璞：〈真相〉，《明報・世紀版》，1999 年 8 月 22 日。

5 許子東：〈香港短篇小說選 1998—1999・序〉，見許子東編：《香港短篇小說選 1998—1999》，香港：三聯書店，2001 年，序言頁 6。

6 王璞：〈嘻嘻嘻酒吧〉，見許子東編：《香港短篇小說選 1998—1999》，香港：三聯書店，2001 年，頁 17。

7 同上，頁 19。

8 同上。

9 同上，頁 22。

10 同上，頁 23—24。

11 張君默：〈玉玦〉，《文匯報・文藝週刊》（香港），1986 年 6 月 16 日、6 月 23 日。

12 同上。

13 辛其氏：〈真相〉，《素葉文學》1982 年 3 月第 7 期。

14 同上。

15 楊明顯：〈姚大媽〉：「⋯⋯不按時來早請示晚彙報，這可是個大問題，這表現了對毛主席老人家忠不忠的政治態度問題。有人竟然說我這頭正拉着屎呢，怎麼來啊？橫豎不能憋回去半截吧。這話如果分析分析可是有點反動性⋯⋯」，《香港文學展顏 —— 市政局 1979 年中文文學獎》，香港：市政局公共圖書館，1980 年，頁 178。

16 辛其氏：〈真相〉，《素葉文學》1982 年 3 月第 7 期。

17 魯迅：〈小雜感〉：「革命，反革命，不革命。革命的被殺於反革命的。反革命的被殺於革命的。不革命的或當作革命的而被殺於反革命的，或當作反革命的而被殺於革命的，或並不當作甚麼而被殺於革命的或反革命的。革命，革革命，革革革命，革革⋯⋯」，《而已集》，上海：北新書局，1928 年，頁 150。

18 辛其氏：〈真相〉，《素葉文學》1982 年 3 月第 7 期。

長篇短評：李碧華的《煙花三月》

數年前就聽阿城說，李碧華是香港的張恨水。這話在阿城說來是很高的稱讚，因為他一直認為二十世紀中國文學的主流是俗文學，張恨水是其中最重要的作家。

《煙花三月》在篇幅上，可能也是分量上比李碧華以前的作品都要厚重。嚴格說來，《煙花三月》並不是長篇小說，也不完全是長篇報告文學。報告文學一般記錄、描寫已發生的事件 —— 比如女主角的「慰安婦」經歷等。但作品的後半部分作家不僅記述事件，而且直接投身情節，參與創造事件。於是《煙花三月》便成為某種文學體的「現場直播」，其文體實驗意義遠比紅墨印刷、插圖拼貼等後現代裝幀更為重要。

然而我還是希望《煙花三月》只是長篇小說，但願書中的人和事都只是虛構。這樣作家讀者在共同展覽同情心，不僅有意描繪昔日苦難而且無意間製造新的痛苦時，我們大家都可以比較心安一點。

寫於 2000 年 5 月（為香港藝術發展局書評活動而寫）

西西選內地小說

看西西編的兩個內地小說選本，使我增強了對「文學」（或者說「文學性」）的信心——儘管我並不認為《紅高粱》[1]和《閣樓》[2]裏所收的一定是內地目前最佳的小說，也並不完全贊同西西在那篇精彩序言裏的所有讀後感式的評註意見。

看大部分香港和台灣的內地小說選本，我驚訝海外批評家也和北京文藝領導一樣對文學充滿了政治熱心；看台灣學者及海外漢學家對內地新潮作品的「學院式」的解析，我驚訝阿城、莫言小說裏居然隱藏着這麼複雜的「召喚結構」，能引發那麼多富有啟示性、衝擊力和想像力的解讀可能；看西西的似乎是印象式隨感式的評論，我驚訝小說在文學性意義上能達到的人的溝通程度。僅僅通過作品（本來作品就是最重要的），西西與王安憶、李杭育、陳村、張承志、韓少功等人之間的那種「文學對話」，使我非常感動。

《紅高粱》一書，選了五個中短篇，有張承志的〈九座宮殿〉，陳村的〈一天〉，鄭萬隆的〈陶罐〉，韓少功的〈火宅〉，莫言的〈紅高粱〉。西西說：「讀近兩年的新創作，我從鄭萬隆的《異鄉異聞》開始，然後遇上張承志……」這種閱讀中的「遇上」感，極其有意思。在這裏西西並沒有只將張承志小說視為文化批評政治批評的一種材料，而是遇上了一個「生命」。我其實從不反對藉用文學作文化、社會及政治的批評或研究（最近我還抓住文學性並不強的《血色黃昏》津津樂道其文化政治意義），但重要的是藉用文學時不該忘了它是文學，心中不該忘卻「文學性」這個標尺，否則在「好作品」與「有好處的作品」，「傑出作品」與「有影響的作品」之間，永遠劃不清界線。我看西西雖然也關心作品是否對中國有好處是否有影響，但她的基本出發點卻是在「好不好」。我很佩服她選了陳村的〈一天〉，更佩服她從作品裏看出陳村的創作軌跡：「他不斷變，書本給他的啟示也許多於土地。」以我和陳村交往近十年的體會，我敢說西西這句話是道中要害的。內地這幾年也有關於陳村的零星的評論，或讚其技巧、觀念先鋒，或捧他如何靈氣橫溢。為甚麼反不如身處喧嘩荒漠的西西更能靜心體會陳村小說的實在意味呢？西西在韓少功作品裏棄〈女女女〉而選了〈火宅〉，也頗有意思。有人說〈火宅〉是韓少功尋根尋不下去以後的失敗之作，我不這麼看。西西從既感時憂國又嘻嘻哈哈的角度推薦〈火宅〉，很有見地。對已經很「紅」的莫言，西西直率指出《紅高粱系列》中的另四篇不外是第一篇的重複，「甚至有為文造情之嫌」，一針見血。說李杭育「改革文學」成績平平而〈最後一個漁佬兒〉熟圓渾成，亦是切中肯綮之言。當然，以我的「偏見」看，對鄭萬隆吃力的尋根，對鄧剛刻意的新探索，西西似乎都給予了太熱情的鼓勵。但無可指摘的是，西西顯然不是為了「照顧全局」而鼓勵他們。西西自己喜歡他們的作品，她早就說過，她是堅持自己的看法來編選本的，所以，她也總是對的。

無論如何，我覺得西西的選法很好。「唯一的遺憾，也許是我喜愛的喬良的〈靈旗〉，暫時還不宜選入。」這真可惜，我也非常喜愛〈靈旗〉。為甚麼「暫時」「不宜」呢？

寫於 1988 年 11 月

1 西西編：《八十年代中國大陸小說選 1》，台灣：洪範書店，1987 年。

2 西西編：《八十年代中國大陸小說選 2》，台灣：洪範書店，1987 年。

許榮輝的小說與香港的寫實主義

許榮輝在香港默默寫作多年，因為短篇小說〈鼠〉和〈心情〉連續獲得 1994—1995 和 1996—1997 兩屆香港市政局中文文學創作雙年獎（小說組第一名），近來漸漸引起人們注意。我零星讀過許榮輝的七八篇小說，覺得他的小說有兩個特點，一是常常描畫中下層工人生活圖景，不斷回憶香港靠製造業維生的那個艱難時代，尤其關注擠迫空間下的人倫關係。二是喜歡刻畫渲染某種「異象」—— 包括人體與生活方式的反常，並以這種異象為「道具」，反襯人性與社會的正常異化。

〈心情〉意在突顯九七時代更迭，小說結構上卻是昔日工廠與今天公園兩個空間的並置對比。〈鼠〉中滿大姨與「我」和家長及鄰居的衝突也必須發生在狹窄的住宅間乃至電梯走道裏。〈陽光小街小記〉開篇介紹小街環境，「這是一條得天獨厚的小街。它並不美麗，就像都市任何街道那樣的喧囂和擠迫⋯⋯」[1]〈髯鬚林〉也着意描寫居住環境：「那是個居住環境十分惡劣的時代，一般人家的居住環境都不會好過，我還記得那時一個不大的單位就住了多戶人家，要是那個單位可以間隔成五、六個房間，就很有可能住了五、六伙人家。」[2] 在近作〈密室〉中，這種空間細節更加具體，更加寫實：「自懂事起我就生活在擠迫的環境裏，叫我以為擠迫就是我們該過的生活環境。⋯⋯度過了我的童、少年歲月的那個小小的房間，只有八十呎，我還記得房裏緊緊擺着兩張碌架牀，有了這兩張碌架牀，房裏再沒有太多空間了，除了用來睡覺外，也成了擺放各種雜物的地方。碌架牀外，唯一的一件家具是一張摺桌，當人在房裏想要有點活動空間的時候，就得把摺桌摺起，但這張摺桌在我們生活裏太有用了，太重要了，少不了它，因此即使在最擠迫的時候，也很少把它摺起。我這樣詳細地說明房裏的情況，只為了說明一件事：擠。在我們生活的空間裏，必須適應這件事。」

同樣的空間細節，也斯在〈剪紙〉裏可以寫出裝飾的都市感：「喬走過去拉起白色百葉簾，露出一扇紅牆。原來那不是窗子，是牆。不，我弄錯了，那確實是窗子，一大幅紅色的是對面大樓上畫的香煙廣告。……我轉回來，左方是一個入牆長櫃，我敲敲櫃，原來那不是櫃，只是一張反上去的單人牀，……我沿牆角的樓梯走上去，遠兩步便碰痛了頭，梯子通往堅硬的天花板，只是用來裝飾。」[3] 西西於《我城》中則會表達無奈的調侃：「不過是個三百呎的大房間（不過是個三百呎的大房間，又不是三百呎的錯）這裏面還包括了一個連冰箱也沒有地方可以站立的廚房，以及一間連一雙木屐進去了也不容易轉身的洗手間。至於浴缸，進門時是見不到的，因為是設在了門背後的圖畫裏（因為是設在門背後的圖畫裏，又不是圖畫的錯）。」[4] 相形之下，許榮輝的文字比較寫實，比較「笨拙」，描畫空間的目的也比較直接，他筆下的環境決定着他小說的人倫關係：「地方那麼小，每戶人家事無大小，自然都瞞不了人家。我常想，那個時代是有那個時代的人情吧。」（〈鬍鬚林〉）

住房生存空間，其實從來都是都市文學的基本課題。丁西林曾有獨幕劇《壓迫》以幽默含笑手法描寫租戶房東之間的緊張矛盾，郁達夫〈春風沉醉的晚上〉則讓同是天涯淪落人的知識分子與煙廠女工隔板浪漫同租一層閣樓，而《上海屋檐下》《七十二家房客》等左翼劇作更在擁擠住宅中渲染階級對立的氣氛。值得留意的是「五四」新文學中的都市居住空間，不是局促擠迫的閣樓亭子間窮巷，就是奢侈豪華墮落的酒店旅館別墅（如《日出》《子夜》的主要場景），正常的民居是極少見的，而且主人公總是租客，總是將都市視為臨時棲身過渡之地的過客。從這個角度也可見出被稱為香港文學代表作之一的《窮巷》如何延續着「五四」的影響。侶倫是土生土長的香港作家，自三十年代以來一直堅守香港新文學陣地。可是《窮巷》的四個主人公都是剛從內地來到香港的「新移民」。他們擠在一層舊樓裏相濡以沫，最後或死或走或另覓居所，顯然無法在香港的窮巷（其實香港很少「巷」，應是舊樓）安身立命。七十年代以後的香港文學也寫擠迫狹小的住房，但態度明顯不同。許榮輝分析製造業女工們的心理與處境：「問題是她們到了這座陌生的都市，不過這樣生活方式還是怎樣呢？」如果藉用西西的筆法邏輯，這麼多人擁擠到這個城市來，又不是這個城市的錯。

擠迫環境與社會人倫之間有些甚麼樣的影響關係？一方面，許榮輝冷靜觀察狹小空間對人情關係的「擠迫」——小林因為幼年長鬚備受鄰居路人的關注，造成某種心理創傷（〈鬍鬚林〉）；老人「因家庭的緊張關係，流落公共屋邨台階」，「很夜了才敢回家」（〈陽光小街小記【上】〉）；詳細生動的尋犬啟事與簡單的尋人啟事在街頭的電線杆上形成令人心酸的諷刺對比（〈陽光小街小記【上】〉）；滿大姨因為喜歡養鼠造成了親戚一家及整幢樓的不安。但另一方面，更多時候許榮輝更注意捕捉都市生活壓力下殘存的人情。小林雖有生理缺陷，仍有父愛母愛彌補。短篇小說〈髮〉[5]中的男人雖然失業苦悶精神恍惚，老婆卻十分諒解同情。同樣溫暖的還有陽光小街中的父女之情，自貼尋人啟事的老人以及任勞任怨開電梯的巴基斯坦人等等，很多細節能使讀者得到不無「老土」但又頗為真實的感動。和很多其他類型的拉開距離的回憶一樣，許榮輝筆下的香港製造業時代也是在艱難之中充滿光榮值得留戀，至少是可以唏嘘感慨。在〈密室〉裏，狹小空間甚至造就了男主人公的畸形春夢。「我坐在碌架牀上，背靠着鐵架牀的鐵條上，後面還有女子站着，突然有很溫暖的感覺，我特別敏感地感到一股溫暖的壓力自背後壓了上來，這種溫暖的壓力慢慢加強，變成了很巨大，集中在我的脊椎上，產生很熾熱的感覺。……輕輕的喘息的聲音，輕輕的，只因緊貼着我的背後，才能聽得到……我終於禁不住心中的好奇，轉過頭去，背後的女子及時抽身而去，動作很自然，……」同樣寫性覺醒，細節不如莫言〈透明的紅蘿蔔〉那樣虛幻隱晦，筆調也不似王朔〈動物兇猛〉般傳神灑脫，但許榮輝的記憶更富現實的擠迫感，不只是傾訴青春煩惱，更依託狹小空間中的女工勞作羣像。

不過許榮輝有時並不滿足於寫實，經常喜歡在小說中營造某種超現實的異象——養家的碩大的鼠、童年長鬚的小孩、失業中年白日夢中滿街紛飛的頭髮、像電燈柱一般高的老實人，等等。許榮輝的異象並不意在浪漫傳奇，而是藉「魔幻」顯示「現實」，藉怪相怪事反觀常人常態（之不正常）。而作者對這些怪相怪事異畸形本身的描寫常常是中性的，有時還略帶同情。中性的描寫一般來說效果比較理想：獲獎短篇〈鼠〉對滿大姨養鼠的怪癖行為完全不加褒貶，因此這個「魔幻細節」一石數鳥，既能夠揭示城中眾人對異己文化的排斥與圍觀，又可以展示他們對外來入侵者從恐懼到習慣甚至轉為恭維的心理過程。〈鬍鬚林〉後半部寫小林成年後濃鬚反成英武標誌，雖令讀者心情舒暢些，卻多少削弱了作品的凝重怪誕氣氛。〈髮〉的結尾突然點出失業男主人公精神恍惚的現實原因，由虛到實轉折也太明顯。為甚麼會有這樣的轉折？大概因為作者太同情他筆下的「異象」了吧。感情傾向明顯了，讀者參與的空間卻也受到了限制。

許榮輝 1992 年發表在《星島日報》「文藝氣象」上的〈漁島〉是篇十分抒情十分文藝腔的小說。後來許榮輝將視角伸向現實底層往事，抒情有所節制，但第一人稱「我」的感官視角始終存在。基本上許榮輝是個具有寫實傾向的作家。香港小說在外界看來或以武俠言情與現代主義見長，寫實的路不太好走。不過我近來在使用「寫實」這個概念時不無困惑，特別是在香港文學的上下文中討論寫實傳統，覺得尤其應該謹慎。許榮輝細數碌架牀位置數目是寫實，西西在門後畫浴缸不也是寫實？〈密室〉中女工擁擠一室終日勞作是寫昔日貧窮艱難之實，鍾曉陽〈憶良人〉寫女主角為了「已經買樓」而嫁人，同樣也寫今日富裕但照樣艱難之實。在課堂上討論五十年代的香港小說，我將《窮巷》與三蘇的《經紀日記》一起交給學生，逐章逐段比較。大多數學生都認為，無論是作品中描寫的事件、心態還是描述語言本身，《經紀日記》都更像香港的人和事，而《窮巷》較似巴金、曹禺作品移殖香港。我當然無意懷疑《窮巷》的文學史意義，我也很喜歡讀舒巷城、海辛、東瑞或陶然、王璞的很多作品，我只是在閱讀許榮輝小說時忍不住想起，香港是否也有一些不同樣式的寫實主義？

寫於 2000 年 7 月 8 日

1 許榮輝：〈陽光小街小記〉，《香港文學》1999 年 5 月 174 期。

2 許榮輝：〈鬍鬚林〉，《香港文學》1998 年 11 月 167 期。

3 也斯：〈剪紙〉，《三魚集》，香港：田園書屋，1988 年，頁 144—145。

4 西西：《我城》，台北：允晨文化，1995 年，頁 15—16。

5 許榮輝：〈髮〉，《香港文學》1995 年 5 月 125 期。

今天的「酒徒」

今天是2009年的香港，現在的酒徒，當然是一個喜歡喝酒的人，也喜歡劉以鬯的小說，跟我有私交，姑隱其名，他的言行我不負責任。他讀小說《酒徒》，最喜歡的是第五章中的一段話，文學愛好者麥荷門問男主人公說：「我們處於這樣的一個大時代，為甚麼沒有托爾斯泰」。男主人公喝了酒，卻非常清醒地一共回答了八條：「（一）作家生活不安定。（二）一般讀者的欣賞水平不夠高。（三）當局拿不出辦法保障作家的權益。（四）奸商盜印的風氣不減，使作家們不肯從事艱辛的工作。（五）有遠見的出版家太少。（六）客觀形勢缺乏鼓勵性。（七）沒有真正的書評家。（八）稿費與版稅太低。」今天的酒徒跟我說：「你看！多有遠見，唯一的改變是書評家多了，比如有今天在座的也斯、羅貴祥、譚國根等等。」可是他還要加兩條：（九）香港沒有文學館。（十）沒有文學館請今天的酒徒當作家或者工作人員。

今天的酒徒私下跟我說，香港建文學館有點難度。由於北京的文學館、台灣台南的文學館都有政治意識形態的動力。中國內地的現代文學史，是「五四」以來的文化跟軍事兩條戰線之一，所以現代文學要大大表彰。香港的文學館要建在西九這樣昂貴的地區，酒徒私下認為困難。

今天的酒徒很認真地讀了劉以鬯的小說，認為主人公的生活分成三個部分：(一)文學(二)女人(三)酒。文學又分成A、B、C三部分，A是對文學史與對其他作家的一些非正統的看法，如《子夜》，魯迅說也沒有更好的長篇了，最有成就是沈從文，特別提到張愛玲，說張受玲的出現猶如黑暗中出現的光，她的短篇小說不是嚴格意義的短篇，不過她有獨特的風格，一種章回小說與現代精神糅合在一起的風格。今天的酒徒就說非常吃虧，劉以鬯不應該將這麼精闢的文學評論，在主人公喝醉酒的情況下說出來，其實小說中的酒徒頗有自己獨特的文學史眼光。劉以鬯的小說發表時夏志清的書還沒有中譯本。我們現在都認為是夏志清發現張愛玲。

今天的酒徒就說他也有很多對香港文學的看法，比方說香港最近也有些作品都寫得很出色，比如葉愛蓮的情色文字很漂亮等等，不過他堅決不隨便發議論，更不會寫到小說裏。要寫就到學院裏寫，加很多註釋來發表。這是他談小說中酒徒生活的第一部分，即是他對文學史及作家的看法。

第二部分是他的文學觀念。小說中的酒徒也有文學觀念，大家都能在書裏面看到。他說由於電影電視的高度發展，小說家必須要開闢新路。單線敍述絕對不能表現錯綜複雜的現代和社會。現實主義的沒落早已成為普遍性。小說第十二章更藉主人公之口說：「現實主義應該死去，現代小說家必須探求人類的內在真實。」是不是用意識流等手法更能探索人的內在真實，今天的酒徒對此種看法有保留。他認為小說中酒徒的文學觀，有一點文學進化論的觀點，好像新的、現代的比舊的、現實主義的好。其實司馬遷和《紅樓夢》的文字，以及很多古文字，雖不是現代主義，卻也不能說它因為時代的變遷而過時。所以在這點上，他喝醉酒居然搗蛋，對《酒徒》中的文學觀念提出一些懷疑。

第三是文學的處境及文人的選擇。在劉以鬯的小說裏，他裏面的主人公曾經構思一個小說，名字叫《海明威在香港》。故事說海明威在香港，連牀鋪都被包租婆拿走，給了一個人賣腎虧藥的小販。他臨死時在街上拿着《老人與海》，卻沒有人理他。在《酒徒》裏面，充滿對香港社會文化環境的抱怨，憤世嫉俗。劉以鬯的小說喜歡用連貫的、有規律的、理性化的和排比的意識流句子，這是比較人為的意識流句子。例如《酒徒》第三十章有這樣的寫法：「香港真是一個怪地方，藝術性越高的作品，越不容易找到發表的地方；相反，那些含有毒素的武俠小說與黃色小說卻變成了你爭我奪的對象。香港真是一個怪地方，不付稿費的雜誌，像過去的《文藝新潮》，像過去的《熱風》，常有優秀作品刊出；但是那些依靠「綠背津貼」的雜誌，雖然稿費高達千字四十元，刊出的「東西」常常連文字都不通，遑論作品本身的思想性與藝術性。」我們在這裏得到一個資訊，就是當時一千字四十元是很高的稿費。大概一般只有十元至二十元，跟內地五十年代的情況差不多。「香港真是一個怪地方，價值越高的雜誌，壽命越短，反之，那些專刊哥哥妹妹之類的消閒雜誌，以及那些有彩色封面而內容貧乏到極點的刊物，卻能賺大錢。」連續證明香港真是一個怪地方。

我問今天的酒徒對此有甚麼看法，他的第一個評論說是獨白、單聲道。雖然酒徒在裏面常常被講得很迷暈、喝酒及醉態，但當看他使用的那些詞——藝術性越高，價值越高，說明主人公心目中的價值觀是非常堅定的。哪一些是好哪一些是差他沒有半點猶豫。對各种文學的美學價值，有一個非常堅定的測量系統。相比之下，稍晚或同一時期出版的另一個長篇《地的門》的主人公就真是混亂。如果說《酒徒》的主人公是知道好壞，可是迫於社會的壓力，只能做不太好的事情而在那裏抱怨，那麼《地的門》的主人公就連甚麼是好甚麼是壞也分不清楚，自己要甚麼也分不清楚，那是一種更大程度的迷思，因此有一種更大程度的複雜性。這是今天酒徒的觀點，不是我的觀點。他有一個旁證，說看過劉以鬯的一個小說叫〈動亂〉，〈動亂〉裏面用了八個不同的角度來寫動亂的事情，可是八個角度講的是同一個事情，不是《羅生門》。八個角度講同一個事情，就是說明動亂發生甚麼事情在作家心目中是非常清楚。這就旁證了在《酒徒》內雖然充滿了多聲道的複雜音，但是主流價值觀非常穩定。

我問今天的酒徒說：「你對他面對的這個世界，被迫寫武俠，又放棄自己純文學的理想，你應該怎樣做，你會怎麼做呢？」今天酒徒也是這樣，喝酒跟不喝酒也是不一樣。他不喝酒的時候很冷靜，他分析說：「香港真是一個怪地方，難道只有香港怪嗎？其實香港的怪有很多原因，第一：英國的文化政策。英國在所有殖民地或殖民管治的地方都推廣英文，只有在香港，它讓位給中文，但是讓位給中文是有選擇性的，政治、法律、教育等堅持英文，唯有娛樂給中文。因此把中文文學歸入為康樂的範圍，今天還是民政事務局下面的康樂及文化事務處管理。即是把文學、厠所、街市、小販等放在同一個管理的層次上。英國人這種政策也不是單單對香港人不公平，本身英國的感性主義哲學就比較強調感性和經驗在美學當中的作用，比較強調快感娛樂性對藝術的影響。相比於拉丁文化中那些超越理性的美學，或者康德美學，英國那種經驗主義美學是比較世俗性的。」

今天的酒徒沒醉的時候，也讀過一些書，如李歐梵的《上海摩登》。李歐梵教授分析說，當西方文化進入了上海之後，它變成了兩個區，在法租界是咖啡館、梧桐樹、劇院；在英租界是跑馬廳、巡捕房、電車和銀行。英式文明和法式文明是當時中國接受的兩種不同的文明，而內地知識分子後來接受的文化及革命的概念，主要都是來自於法租界的形態，而且把上面的商業家、馬場、電車和銀行這樣的模式，作為革命跟文化的對立面。相比之下，在香港的英國文化是佔主導的，導致了香港的娛樂文化長期的繁榮，「這些東西酒徒當年喝醉的時候沒有想得太清楚，牢騷很多」—— 今天的酒徒自以為懂點理論，其實也發牢騷。

還有第三點，香港是一個怪地方。鴛鴦蝴蝶派都來到香港，以致於跑到沙頭角能夠看《龍虎豹》也曾覺得是一種「幸福」。這反而也促使香港娛樂文化長期繁榮。而最後還有一個更重要的原因就是我們突然進入了後現代。後現代跟現代主義很不一樣，現代主義可以站到很高地看不起世俗文化，詹姆斯・喬伊斯（James Joyce）和福克納（William Faulkner）可以看不起世俗文化。可是到了後現代，一切都拉成了平面，一切都可以被羅貴祥用來做文化研究。這個時候圖書館、聖經跟一個電話簿在理論上有同樣的文本價值，因此這潮流到來以後，影響到很多比較文學的研究及香港的學者，用後現代的理論幫香港娛樂文化的主流作合理化的辯護，今天的酒徒也很清楚這個角度，這是他醒的時候。醉的時候是怎樣呢？他始終不服氣：「我就不相信金庸的文字比劉以鬯好，酒徒當年堅持的東西就不對嗎？難道世界上就只能這樣寫嗎，難道純文學在香港就一點都沒有出路嗎？」但在他半醉半醒的時候，他就考慮過有幾種其他的選擇，像李碧華、王貽興都能賺錢。像王家衛的酒徒（梁朝偉），從小說的憤世嫉俗到電影的玩世不恭。酒徒活到 2046 就犬儒成精了。就算是脫衣服，其牀上對手會得罪廣電部，但梁朝偉卻沒事。像王家衛帶黑眼鏡一樣：既娛樂他人，又娛樂自己 —— 這些是半醉半醒時酒徒的分析。

今天的酒徒除了文學以外，還對《酒徒》中的女人有很大興趣。《酒徒》中的女人可以簡單分成三類：第一類是他去追求，但是得不到，例子就是張麗麗。張麗麗有錢，代表罪惡的香港，但是她又非常有誘惑力，寧可被她利用。這代表主人公對金錢的自卑。第二就是人家追他，他拒絕，他只是被追。例子有兩個，第一個是司馬莉。今天的酒徒認為現在已碰不到像她這樣子的女人，因為她們都去做「靚模」了（漢字表達不了，少了一個口）。在《酒徒》中司馬莉居然在十七歲這麼年輕的時候看中這個窮文人。但主人公在這個時候非常堅定，認為他不能利用她的無知佔了她的便宜。還有一位是香港電影中的典型人物——包租婆。包租婆是一個被冷落的二奶，四十多歲，以酒來買他的歡心。男主角喝醉酒就被誘姦了，最後很後悔要搬家。第三類是互相同情的，舞女楊露。楊露也是十六歲的臉，也是超老的心，但是酒徒解釋為甚麼他喜歡楊露而拒絕司馬莉。他說楊露是被污辱，是受害者，司馬莉是自暴自棄，因為她家裏有錢。在這個情況下，主人公繼承了郁達夫那種在情色當中體現憂國憂民的傳統。同樣是風塵女子，他要挑一個被污辱的受害者。最後楊露也要嫁人了。小說裏也有其他的妓女，主人公一貫的寄予同情。人家偷了他的錢，他也不抱怨。如果媽媽來介紹女兒為娼，他堅決拒絕。

我問今天的酒徒：「你對男主人公一男三女模式有甚麼看法？」今天的酒徒說：「一男三女是香港文學尤其是男作家的一貫模式，舉《地的門》為例子，《地的門》也有三個女人；第一個是初戀的方葆連。可是男主人公不爭氣，他問那個女的家人借錢，本來人家對他挺好的，可是他借了人家的錢受騙以後還不出來，最後家裏也反對，所以這個初戀始終沒有成功。第二個是富家女雅菁，男主人公到她家開舞會感到非常自卑，強吻了一下，最後愴惶逃走。第三個是婷表妹。跟楊露的情況一樣，大家是互相同情同時都是害怕婚姻，所以就互相安慰。但是相比之下，《酒徒》對楊露的純真的理想，《地的門》的男主人公對愛情一開始已經非常失望。把兩個一男三女模式相比，《酒徒》裏的男主人公對所有女人都沒有錯，該拒絕就拒絕，該得到就得到，最後被人家打一個酒瓶，他自己再三反省，都覺得沒有錯，只是都失敗。《地的門》的男主人公有錯，他對婷表妹有所利用。他對方葆連，借了人家的錢不還，變相吃軟飯，有錯。他對雅菁那麼自卑也是有錯。他是有錯又失敗。」

我再請問今天的酒徒說，如果今天寫小說該怎麼辦？他說今天也有一位男作家寫了很長的小說，雖然也是一男三女模式，不過已經演化到很不一樣。第一個是外國女記者，很崇拜男主人公，一直寫他的傳記。第二個是一個年青女學生，一直需要他指導他的文學才華。最後一個是他終生之愛，男的不想活了，女的陪他死。所以發展到今日厲害了，不僅男人都沒有錯，而且都勝利了。所以今天的酒徒說，我在這個問題上還不知道該怎麼寫，他的經歷還有些欠缺。

最後談到關於「酒」的功能，今天的酒徒注意到在小說裏，在文意上「酒」是條分界線：醒是墮落、是失敗、是妥協、是娛樂他人；醉了才是清醒、才是解釋、才是勇氣、才是娛樂自己。可是在女人身上，醒是道德、是克制、是自省；醉了才是失態、是放蕩、是沉淪。所以同樣是酒，在文學上所起的功能與對女人所起的功能是不同的。當然他也客觀地指出，作家雖然寫了很多「酒」字，可是很少具體細節。來來去去就是威士忌和白蘭地，甚麼牌子呢欠奉，有沒有喝葡萄酒呢也沒有。如果是劉紹銘或戴天來寫的話，可以講出哪個省份、哪個年份出產的會特別好等等。可是居然一個酒徒在這麼長的長篇小說裏，對於酒的細節很少涉獵，也沒有講到茅台等等，也是一個特別的地方。但對於今天的酒徒這方面的批評，由於本人也不善喝酒，所以無法相信，無從評論。

本文原爲在研討會上的發言，後輯於梁秉鈞、譚國根、黃勁輝、黃淑嫻編：《劉以鬯與香港現代主義》（香港：香港公開大學出版社，2010），頁209—215。

四篇重要的香港小說

《經紀日記》〈動亂〉〈鯉魚門的霧〉〈黑麗拉〉

《經紀日記》

《經紀日記》五十年代在《新生晚報》連載四、五年，以下片斷選自大眾書局的單行本(第一集第 1—12 頁)。雖是長篇連載，人物連貫，但故事獨立，剪切下來就是「短篇小說」。作者三蘇，在五、六十年代香港報界文壇十分活躍，除小說外，也寫散文、隨筆、政論等，據說當年的招牌寫作姿勢是「車衣」式的 —— 稿紙移動，執筆位置不動。

但為甚麼這種「車衣」文字半個世紀以後說來依然可列入文學史呢？理由有三：

一、小說中充滿細節。女客戶陸羽出場，「另細路一名，陳姑娘謂係其弟，細路無意中卻叫起阿媽來。」僅僅一句，再無評論，該女性的身份、性格、家境已躍然紙上。「到了雪廠街口，向一個小販買摩利士，我掏出腰包來，陳姑娘見我要出錢，竟拿了一罐三個五，又破了幾塊錢的財了。」一個動作，同時寫了兩個人的「嘴臉」。類似自嘲反諷在小說中隨處可見：見妻通夜不歸，也不敢問，「就是慣常，打麻將總會打到頭髮蓬鬆，急於搵錢，立下志向發達之後，再來齊家。」「披衣出門，到車站，買了一份英文報紙，挾在腋下，神氣十足。再買一份中文報紙，在電車裏看。」三蘇的這類諷刺文字，比張天翼、錢鍾書更少渲染，更不動聲色。

二、主人公性格複雜，很難作道德評判。僅以其對妻子一項，已可見出背叛、害怕、關愛、嫉妒等多重矛盾性格。這個介乎阿 Q 與韋小寶之間的人物後來可以一直發展到黃百鳴、周星馳的電影角色，是因為經紀心態與港口生態緊密相關。一筆鑽石生意，從莫伯 3,700 開價（就是不說進貨價），到「老細」的 5,000 內地逃港遊資，1,300 利潤中包含有專業評估（莫伯）、經紀手段（主人公）、資訊費用（周二娘）及情色投資（陳姑娘）。這不也是今日香港社會生態的一種基本要素嗎？

三、融合白話、粵語及文言於一體的「三及弟」文字，「踏路」「猛擦」「梳莉」「米路」等等，放在上下文裏，均不難理解。給今日讀者一種可以克服的語言上的陌生感，又記錄了粵語人文的一個特定階段。

「批量生產」的流行文字，後來成為香港文學史上的重要作品，這樣的三及弟文字，《經紀日記》便是一例。

〈動亂〉

劉以鬯是將三、四十年代中國現代文學與五十年代以後香港文學發展連接起來的關鍵人物，是香港最重要的作家之一。他的代表作是長篇小說《酒徒》，入選各種結集多的是短篇小說〈打錯了〉。這篇〈動亂〉則記錄了香港現代史上除九七回歸以外最重要的一幕：六七暴動。

六七暴動是「文革」在香港的延伸，也是港英政府第一次了解中國政府對香港政策的底線並從此開始認真治理香港。但劉以鬯的短篇並無意討論這事件的歷史背景，只是通過一系列現場目擊者（泊車投幣機、石頭、汽水瓶、垃圾箱、計程車、報紙、電車、郵筒、水喉鐵、催淚彈、土製炸彈、街燈、刀和一具屍體）來多角度多方位地複製「事件現場」。

劉以鬯對「五四」以來的現代文學一向有自己獨到的看法（早在《酒徒》中就頗推崇沈從文、張愛玲和端木蕻良，與夏志清「英雄所見略同」），創作方法也一直喜歡採用現代主義的技巧。〈動亂〉中的多角度多方位擬人化現場報導，投幣機、垃圾箱、計程車、郵筒、街燈等所看到的是同一個事件，不同角度見到不同片斷不同側面，但合起來整個現場情況（事件真相）是不矛盾的，是一致的，並沒有出現《羅生門》式的情況（即不同當事人對同一事件見到不同真相）。

這說明劉以鬯的現代主義實驗主要是技巧和方法層面的，而不是思想和哲學層面的。正如《酒徒》中醉的是主人公，作者價值觀一直清醒一樣，〈動亂〉中電車、催淚彈、水喉鐵、屍體所共同報導的，是同一個作者認為真實的歷史事件——如果別的廣場上的街燈、碑石、樹木、標語牌、旗杆、碎石等均能發出自己的聲音，他們的證詞會是劉以鬯「動亂」式的呢，還是「羅生門」式的呢？

〈鯉魚門的霧〉

〈鯉魚門的霧〉是舒巷城的代表作之一（另一部不容錯過的作品是《太陽下山了》），舒巷城是香港「鄉土文學」的代表作家之一。香港的「鄉土文學」既不同於二十年代魯迅、許欽文、蹇先艾等文人僑居城裏溫馨苦澀地懷鄉憶兒時，也不同於三十年代沈從文抗拒都市文明因而美化湘西純樸的「人生形式」。舒巷城的「鄉土」（筲箕灣、鯉魚門、柴灣、清水灣、茶果嶺……）現在就在城裏，那時也離城不遠。香港的「鄉土文學」有兩個層次，或者說兩個階段：在 1950 年創作的〈鯉魚門的霧〉裏，主要表現一種與城市的心理距離；在 1960 年創作的《太陽下山了》裏，則逐漸轉變為一種認同城市故鄉的本土情懷。

鯉魚門與中環距離很近，梁大貴與城市距離很遠。「他看也沒多看一眼碼頭旁邊的鋪戶……那街上的洋貨店、金鋪，從來不曾在他的記憶裏留下過甚麼。甚至現在他對它們還是陌生的，……」大貴要看的是「那又清又鹹海水」，……充滿魚腥味、汽笛聲及人聲吆喝的碼頭，還有「常常和他隔着小艇唱鹹水謠」的女孩……

洋貨店、電車、金鋪，市民們每天追逐變化利益的地方。都市文明五光十色充滿變化，唯一不變的是永遠地追逐變化追逐利益——這也是生命力所在。而艇仔粥、碼頭、鯉魚門、霧、海水則是大貴的家。鄉土情懷就是企圖保持不變的純真樸實，注定是要面對變化而失落——這也正是香港人的命運所在。

以遊子回鄉的情緒（而非性格、情節）為主軸，文字有書卷氣（如「經四面八方，霧是重重疊疊滾來的呀——」），但為場景的粗糙感和情緒的鄉土氣所彌補。中年人重回故里的惆悵迷惘，景物依舊，人事全非，總是中外文學常見主題。但年輕的舒巷城寫出了香港特色的城裏人的「鄉土情結」。

鯉魚門的霧是充滿變化的，但鯉魚門有霧，卻是不變的。

〈黑麗拉〉

這是一個用郁達夫筆調寫成的發生在尖沙咀的香港版「茶花女」（文本套文本，小說中就有寫女主人公一起看「茶花女」的情景）。寫女招待也和施蟄存名篇〈梅雨之夕〉一樣以下雨遮傘作媒介，但不是寫為陌生女子遮傘，而是酒吧女邀男主角同行。評論家黃子平曾分析過郁達夫〈春風沉醉的晚上〉為何承襲發展了源自白居易「江州司馬青衫濕」到一路演變過來的「文人與風塵女子」的文學模式。

在〈黑麗拉〉裏，女主角在不同的酒吧當女侍，主角「我」看上去無事可做經常光顧咖啡館是同情女招待，其實卻是一個善感寂寞多情的文人。故事確實有點「老土」，但也鋪展得從容、細緻，發展入情入理，層層遞進，結局也模仿「茶花女」—— 郁達夫、曹禺分享着共通的多情與懺悔。

這就是發表於 1937 年的香港小說：都市場景 + 華洋雜處 + 文人情調 + 色慾世界 + 窮困孤獨……侶倫是香港新文學最早的開創者之一，代表作《窮巷》，以人道主義混合文藝腔寫南來人口的香港困境，但也將〈黑麗拉〉收入本選集，一方面是因為小說本身的藝術價值，另一方面也是為了記錄香港小說的早期風貌。

同一文人邊寫作邊同情風塵女子的故事模式後來也出現在劉以鬯的長篇《酒徒》甚至近年王家衛的電影《2046》裏。

第三輯

在文學場域閱讀城市

香港的純文學與流行文學

很榮幸來參加市政局公共圖書館舉辦的香港文學節的研討會，我想在這裏提出三個問題與各位同行師友各位聽眾一起討論：一是純文學與流行文學在概念上的區別；二是從二十世紀中文文學的背景上看香港通俗文學的文學史意義；三是從香港文學乃至文化自身發展的角度看香港純文學的前途。

一、純文學與流行文學在概念上的區別

有一些相關的概念首先需要澄清。現在香港大多數流行文學也就是通俗文學，但這並不說明「流行文學」在概念上等於「通俗文學」，只是說明在今天的香港，以及世界上很多地方，通俗文學是最流行的文學。在另外一些時空條件下，諸如《鋼鐵是怎樣煉成的》《麥田捕手》之類可能並非「通俗文學」的小說也可以非常流行。在北京、上海的讀書市場，最近余秋雨的書常佔榜首，成了中國內地的「流行文學」。余先生大概並不高興人們稱他的散文是「通俗文學」。人們不喜歡「通俗文學」這個概念，可能也是因為「通俗文學」容易與「俗文學」相混淆，然後與「雅文學」對立起來。其實在中國文學史上「俗文學」(民間文學)，常常被視之為推動文學發展的動力(比如「白話文學」等)。

不知道今天香港的「通俗文學」在多大程度上也具有文學史上「俗文學」或「民間文學」的這種變革語言、創新文體的新鮮活力？還是更接近法蘭克福學派所批評的文化工業意義上的「大眾文學」？因為和「通俗文學」比較，「流行文學」好像更強調消費、流通、接收、包裝等「文化工業」的意味。

「純文學」有時也被人稱為「嚴肅文學」，但我以為也不妥。道理很簡單，難道「流行文學」或「通俗文學」的創作就可以不嚴肅嗎？嚴肅的創作態度不應該是某一類文學的專利專職。但是，稱「純文學」為「高雅文學」或「經典文學」（Classical）也有問題。「高雅」的反義詞是「低俗」，流行文學當然不一定低俗。流行音樂常與 Classical Music 相對而言，但在小說領域，我們發現，最流行的小說常常使用較傳統的敘述手法，反而「純文學」每每標新立異，令人看不懂。事實上，出色的純文學與成功的通俗文學都可以是「經典」。「純文學」三個字其實就是最好的定義：純粹是文學，不具有外在目的的文學，為文學的文學。香港也有「文藝小說」的概念，黃繼持教授他們討論過。雖然「文藝小說」邏輯不通，但意思很清楚。電影不也有「文藝片」一說嗎？

純文學和流行文學兩者的區別不易劃分卻很重要 —— 尤其是在香港討論這個問題。不少中文系的同學認真地問我：為甚麼小說要寫得令人「看不懂」才算純文學？電影要拍得「悶到死」才算文藝片才能得獎為港爭光？為甚麼大多數人喜歡的文學在文學史上常常不佔最重要地位？買衫買樓人人都儘量搵高檔 —— 流行服裝 Gucci 、 Prada 可以賣得很昂貴，為甚麼在文學藝術方面大家並不攀高雅，而寧願追看淺白明瞭通俗易懂的流行小說、連續劇甚至漫畫？是不是大家都沒有「錢」（文化修養）？難道大多數人的選擇是錯誤的嗎？（最後這個問題提得很深刻。）

一般來說，通俗文學（流行文學的主流）的目的與功能就是「娛樂」：給讀者提供消閒、趣味和快樂。純文學的目的與功能則是一個抽象的概念：「藝術」—— 創造形式、變革語言、探討人性。中國古代的士大夫文學以及「五四」新文學中還可以梳理出第三種文學形態，即經世致用啟蒙救國的「社會文學」，以教育、批判、宣傳為己任 —— 在香港以及美國、日本等經濟發達的地方，這種救世文學並不多見。

從表現內容看，純文學主要探索個人獨特的情感與心理，常常越是病態怪誕的情感心理越值得探討，往往是作家自己也把握不準的情緒心態（童年心病、不道德戀情、畸形心理等）比清楚的理念慾望更值得表現。「社會文學」則主要在理性層面抒發社會政治熱情，越能體現羣體利益的社會激情越有價值。而通俗文學主要宣泄人的一般慾望：性、暴力、財富、權力，滿足的是大多數市民的白日夢。十幾年前我在《文學評論》雜誌上發表過一篇論文，專門討論純文學、通俗文學和社會文學之區別，其中有這樣一段話：「放下書本走出劇院，你很明白自己並未得到多少深刻的思想啟迪和藝術感悟，但又覺得閱讀和看電影的過程不無樂趣。徒樂無益地看甚麼呢？藉用一句對舞蹈移情效果的谷魯斯（Karl Groos）式的概括，那就是『看他（或她，即演員）怎樣替我的感官精力在運動！』比如『力量型』通俗文學，少林和尚或西部牛仔難道不正是替那些斜靠在鬆軟沙發上體內卻隱隱有些發熱的人們在揮拳拔槍受傷淌血嗎？這是否意味着人們在努力尋找舒適安逸的同時又總有某種顯示『體能』（說得好聽是『勇敢強悍』，說得難聽是『虐待狂與被虐待狂傾向』）的潛在慾望存在？又如『好奇型』作品，福爾摩斯們難道不正是替那些生活有序、安分守己的人們在窺探隱私在追逐懸念甚至在排遣無意識的犯罪感嗎？這是否證實好奇乃人之天性，而智力永遠渴望證明，道德操守也總是需要考驗。再如『夢幻型』

作品，幸運的美女（很可能是哪位伯爵丟失的私生女）難道不正是替那些擠車買菜睡閣樓說夢話的紡織女工們在出入別墅宮廷巧遇白馬王子嗎？這是否證實人們的生活越是緊張單調也就越需要白日夢來潤滑調劑？如果在深邃的探索文學或羣體傾向鮮明的社會文學中也想寄託夢境宣泄精神慾念的話，人們難免要被迫付出思想矛盾、道德迷亂、靈魂受審之類的心理代價，所以儘管明知武俠、偵探和言情小說帶來的審美快感比較膚淺短暫有時轉瞬即逝，人們還是願意不斷接受這種不僅比較容易獲得而且也比較輕鬆即能解脫的心理陶醉。」[1] 寫這段文字時我看的通俗文學其實很少，從那以後我主要住在洛杉磯和香港，至少看了幾百部 Hollywood 電影，卻發現自己當初對通俗文學功能的看法，幾乎一字也不必修改。

從創作過程看，通俗文學是「共創」的——作家、讀者、編輯、評論家以及文化經紀人共同參與創作過程。這一點非常重要。理論上，讀者需求是第一位的。作者在開始創作之前，就必須有意無意地考慮這個作品的可能讀者及其閱讀期待。但在技術上，扮演經紀人角色的編輯非常重要。比如現代中文通俗小說的經典張恨水的《啼笑因緣》緣於上海《新聞報》主編嚴獨鶴北上約稿，嚴獨鶴說「上海讀者要看武俠」，這就決定了張恨水的最初構思（以及他對假想讀者羣的基本判斷）。這也是小說中俠女關秀姑父女線索的由來。接着張恨水又聽取上海朋友左笑鴻（評論家角色）的建議。當然這時的張恨水已是滿足市民白日夢的高手，一些才子救貧困風塵佳人（樊家樹愛上歌女鳳喜）的情節幾乎是張恨水自己的家庭生活。但他對高翠蘭真實故事的改編，卻是既迎合了公眾市民心理（美女跟隨軍閥，最後不得善報），又稍稍偏離大眾讀者的閱讀期待（女人貪錢而墮落，也有自願與可理解的地方）。但是小說連載到一半，張恨水到上海與明星電影公司洽談今後的電影版權事宜，發現上海市民每天排隊買《新聞報》等着看樊家樹在歌女鳳喜、俠女關秀姑與洋派小姐何麗娜之中究竟選擇誰。這時張恨水（以及今天的很多後續者，從早年金庸到《真情》編劇等）便不能「自作主張」，而必須「先人後己」了。《啼笑因緣》最後描寫市俗夢破，對鄉土俠義敬而遠之，現代都市生活方式取得勝利。我常常懷疑，如果這部小說不是在上海而是在北方的報紙上連載，最後男主角會不會愛上俠女？張愛玲說張恨水的作品能代表一般人的理想，其實好的通俗文學總是共創的 —— 讀者市場的反應決定着通俗文學的生命。反諷的是，最看不起通俗文學（玩物喪志）的社會文學，其實也是共創的，也是越代表大眾意願越成功，也要處處考慮如何引導讀者、教育讀者。在作家個人意志與大眾意願有矛盾衝突時也不能「自作主張」而必須「先人後己」。可以「自作主張」「特立獨行」甚至「目空一切」的，只有純文學 —— 因為純文學必須是「獨創」的，常常越與眾不同越出色，越有文學史價值。作家必須設想自己就是讀者，自己的問題就是世界的問題，這樣才可能在語言文體上修改作家與讀者間的無形的閱讀契約，才可能在情感、心理及道德層面挑戰常規。所以純文學不「流行」也很自然。有時先鋒迅速成為明星，場面可能也頗難為情。

加州大學爾灣分校米勒教授（J. Hillis Miller）提出過一個有趣的問題，「為甚麼我們一再需要『相同』的故事？……當孩子堅持要大人一字不易地給他們講述同樣的故事時，他們是很懂這一點的。如果我們需要故事來理解我們的經歷的含義，我們就一再地需要同樣的故事來鞏固那種理解。這種重複可能重新遇到故事所賦予的生命的形式而得到證實。也許有節奏的重複方式具有內在的娛樂性，不論那種方式究竟是甚麼。同一類型中的重複本身就令人愉快。……我們之所以一再地需要『相同』的故事，是因為我們把它作為最有力的方法之一，甚至就是最有力的方法，在維護文化的基本的意識形態。」[2] 我們顯然可以藉用米勒教授的說法來認識流行文學（通俗文學）的另一個重要特徵，即「重複」與「模仿」的哲學基礎。但米勒教授也談到「為甚麼我們總是需要更多的故事？……也許我們總是需要更多的故事是因為在某種意義上故事從未令我們滿意？」在象徵的意義上，我們可以說流行文學就是以重複節奏充滿內在娛樂性的鞏固常規意識形態的「相同的故事」，純文學就是不滿現有故事挑戰常規語言、文體及主流意識形態的「新的故事」。前者肯定我們的經驗，後者挑戰我們的經驗。歸根結柢，流行文學與純文學的區別就在這裏。

二、香港通俗文學的文學史意義

流行文學與純文學的區別其實只是在小說、音樂領域比較重要。詩歌創作界似乎沒有太多關於流行詩歌、通俗詩歌的討論，散文創作中的流行文學與純文學界線也不太明顯。如果放在二十世紀中文文學的文學史框架裏看，香港的流行的通俗文學似乎比香港的純文學更加重要。詩歌、戲劇、短篇小說等當然也有成績，但比較能夠代表香港文學貢獻的，還是以金庸為代表的現代通俗小說，和香港散文（包括專欄）對「五四」散文傳統的發揚光大。

我在一篇題為〈假如沒有「五四」〉[3] 的短文中提到「五四」以來中國文學大致有四條發展線索。第一條主線從陳獨秀編《新青年》、魯迅寫《吶喊》，到茅盾、丁玲、巴金、夏衍、沙汀、艾青等作家的集體努力，經過抗日救亡與延安的轉折，發展為後來的作協文聯，一直到文革後「干預生活」的主張，以及九十年代張承志等人的「以筆為旗」……相信文學應該喚醒民眾、療救社會，是這些主流作家對

「五四」文學傳統的基本詮釋。第二條發展線索從胡適、周作人及魯迅的《野草》開始，經過郁達夫、聞一多、徐志摩、沈從文、老舍、施蟄存、梁實秋、林語堂、豐子愷、傅雷等很多作家合力維護，堅守藝術本分、堅持文人道德的傳統延續至今。這條線索與啟蒙救世傳統既常常對立又每每互相糾纏，很多作家都要在這兩種傾向之間作「艱難的選擇」。這條線索也包括周作人散文的影響後來通過《雅舍小品》的發展，一直延續到余光中、劉紹銘……這就是香港散文的純文學脈絡了。

努力啟蒙救世的作家大都是「職業文學工作者」，崇尚藝術的文人大多在大學教書，兩派作家都是高調知識分子，也都共創並分享歐化白話文的語言現實。但在第三條文學發展線索中，卻有很多人辦報，或者常為報紙寫作：從包天笑、周瘦鵑、秦瘦鷗、張恨水，一直到金庸、李碧華……鴛鴦蝴蝶派及武俠科幻當代言情小說在文學史上的重要性，不只是擁有着二十世紀大多數識字的中文讀者，而且也因為在文學語言及藝術功能兩方面構成了對「五四」文學的補充與挑戰。新文學當初的起步就在於《小說月報》更換主編向禮拜六派娛樂消閒遊戲文學宣戰。半個多世紀後有作家在上海所有弄堂都聽到無線連續劇集《上海灘》主題曲四處迴響，說自己十分心痛：我們新文學奮鬥幾十年，難道人民羣眾就喜歡這些？—— 正是在香港通俗文學的衝擊之下，很多內地作家才開始反省新文學的道路。這時人們驚訝地發現：真正做到毛澤東所謂「人民大眾喜聞樂見」的其實是金庸，而金庸小說也是「先普及」（連載、暢銷、盜版）「後提高」（近年來迅速成為大學研討會及研究生的課題）。金庸說他喜歡張恨水，他的境遇與張恨水不同。鄰居老舍有次鼓勵夸獎張恨水用白話為《啼笑因緣》寫序，張恨水十分高興。後期張恨水努力寫抗戰，頗希望進入啟蒙救亡主流行列。聽說後來張恨水的家人很不喜歡研究者將他們的父親歸入鴛鴦蝴蝶派——「五四」傳統的意識形態壓力由此可見一斑。金庸近年來也稱道巴金等憂國憂民，在嶺南演講時雖然明言對「五四」歐化語言之不滿，卻又對諸如殘雪之類的純文學表示困惑，顯示出「大俠」對自己作品的文學史地位的某種關注。

其實「大俠」地位早已確立。或許無須納入啟蒙救世主流，金庸的價值恰恰在於將鴛鴦蝴蝶派張恨水傳統發展到一個可以挑戰與補充「五四」文學的角度。第三條線索也要和前述的「救世責任」「文人格調」聯繫起來，才能顯示「大眾口味」的重要性。

三、純文學在香港

誠然，從二十世紀中文文學的背景看，金庸等人的通俗小說影響廣泛，貢獻獨特。但是從香港文學乃至香港文化環境的自身發展的角度看，我以為更重要的應該是香港的純文學。

前面簡單談到「五四」以來中國文學有四條發展線索，啟蒙救世的社會文學與文人傳統的自由主義文學主要在內地一直互相抗衡互相影響，娛樂通俗的流行文學從鴛鴦蝴蝶派一路發展到香港，而香港的純文學從歷史脈絡看，主要和第四條都市感性文學與現代主義的線索有關。具體地說就是和張愛玲有關。

張愛玲和錢鍾書同樣在四十年代的上海開始寫作，他們筆下的讀書人也都全無救世姿態。《圍城》《傳奇》當然各有擁眾，但《傳奇》的後繼者顯然更多。因為錢鍾書居高臨下的嘲諷，也還是周作人、梁實秋的高調士大夫立場的延續，再加上比林語堂更加歐化的幽默，而張愛玲則像她所欣賞的張恨水一樣，不避通俗且不以小市民價值觀為恥。張愛玲多了英語寫作能力與現代主義視野，所以不會像張恨水那樣在「五四」主流前自慚形穢，反而能將張恨水的章回語言變成對「五四」的有意反撥。實際上，張愛玲的文學史意義就在於她將我所謂的第二（文人立場藝術尊嚴）和第三（大眾品味市民趣味）線索交織在一起，然後自然開出一個新路向：張愛玲像周作人、沈從文、施蟄存、錢鍾書一樣懷疑「五四」的激烈反傳統與過於急切的救世責任，張愛玲又從張恨水那裏獲得改良「五四」歐化語言的方法。後來很多既不滿「五四」傳統又關注「五四」課題的作家，都在張愛玲那裏看到了某種新的可能性。這些作家構成了二十世紀中國文學的第四條發展脈絡，從張愛玲到白先勇、蘇偉貞、李昂、朱天文，到西西、鍾曉陽、李碧華、黃碧雲，到王安憶、賈平凹、蘇童、須蘭……

國內學界對於任何將張愛玲、魯迅並論的可能話題都很敏感，這恰好說明了張愛玲已成為魯迅之後現代文學史上的又一個神話。前者是一個離開鄉土的以西方小說格式感時憂國的高調知識分子的男性敘事神話，後者則是一個迷戀都市的混合現代主義技巧與紅樓夢語言的市民趣味的女性感官「傳奇」。他 / 她的重要作品都不多，卻被後人越讀越大。張愛玲對香港純文學的影響之大，很像魯迅在內地文壇。

為甚麼張愛玲對香港文學影響深遠？只要重複剛才那段有關張愛玲的描述就可以了 —— 第一，迷戀都市：香港文學本質上就是都市文學，與大多數中國現代作家總要在「鄉土」安身立命有很大不同；第二，現代主義與傳統小說語言的結合：香港最早介紹實驗現代主義，香港也最少「五四」歐化影響，文化文字都比較傳統，比較「鴛鴦蝴蝶」，所以最容易出現從旗袍袖口花邊剪出的現代主義；第三，最重要的所謂「市民趣味」包括兩個層次，一是通俗形式商業包裝（張愛玲是極少數不迴避流行雜誌通俗出版社的現代作家），二是對小市民生活價值的理性肯定（以市民階級的歷史社會觀挑戰「五四」主流意識形態）；第四，女性感官：張愛玲作品既有女性主義的立場（〈自己的文章〉認為「常人的文學」表現人類的婦人性與神性），又從生活感性層面批判理解女性弱點（應該花男人的錢，婚姻乃長期賣淫，等等）。從淺水灣酒店的「傾城之戀」以後，愛情故事的主戰場便從男女與社會之間轉到男人與女人之間，「愛情戰爭」的主要形式是提防、猜疑、試探、防範、進攻、躲閃、計謀、策略、猶豫、迷惑……戀愛的結果並不重要，遊戲過程便是一切。

回到今天的題目，我想最有意思的是張愛玲的「大俗之雅」。張愛玲把作品交給「皇冠」包裝，自己卻在洛杉磯自我流放，悲壯淒涼。她雖不拒絕「流行」，骨子裏卻是真正的「純文學」。這使我想到，今天受她影響的香港作家，是否一定要在「流行」的「市民趣味」或者「小眾」的「純文學」兩者之間作痛苦選擇呢？

我在中文系課堂上問過這個假設性的問題。結果回答說堅持小眾文學與致力流行文學的同學人數差不多，但更多同學說：可不可以先寫流行文學賺些錢，以後再弄純文學？行不行呢？我很懷疑。

環境的確不利於「純文學」。職業作家很難做。香港雖然報業發達，中文稿費（與平均生活水準比較）卻不高。經濟文化環境使得西西一年版稅稿費等於大學講師一週人工，使得像李碧華這樣有天分的作家每天定時限量流出靈感，真不應該。他們仍然常有佳作，真不容易。我總覺得他們應該寫得少一點 —— 為了香港純文學的發展。美國的流行小說作家在經紀人的幫助下，有時一本書數百萬。但純文學作家（尤其詩人），很多都有別的職業，比如在大學教書。回想三十年代上海，作家也大都是「皮包教授」。寫流行小說的則多數與報紙有關係，比較容易「共創」。香港的作家當然不必也不可能像中國作協那樣成為「專業作家」，但偌大都市，有十幾名人因創作成就而獲得一些與文學、教育有關的公務員位置或教職，應該也不是過分的要求吧。

當然，怎樣知道誰的創作成就，便是另一個複雜問題。我最近在為「三聯」編近幾年的《香港短篇小說選》，讀了幾百上千篇小說。我發現香港不是很少人寫小說，但很少人評小說，很少人談論小說。說起來我們都有責任。香港報紙那麼多專欄，有沒有比較固定的「新作評介」？每年或每兩年都有中文創作獎，有沒有報紙約人寫點專業一些的評論總結比較？對於藝術發展局的資助成果，有沒有系統的文學角度的評論？

評論其實主要不是為了作家，而是為了讀者。有教授在北大，辛苦說服大學生金庸作品和魯迅一樣出色。可是他在香港的大學卻要同樣辛苦才能說服大學生魯迅作品在某種角度看和金庸一樣出色。我問過剛入大學的學生最喜歡讀的文學作品，回答除了李白、蘇東坡等古典文學外，主要就是金庸、亦舒、張小嫻，也有少數提到張愛玲。值得注意的是，很少同學提到翻譯小說 —— 偶有提及，也是村上春樹等。已讀作品當然影響甚至決定人們對文學的基本理解，再加上從事流行文學還有很多現實的好處，所以我一點也不擔心香港流行文學的繁榮前景（我反而覺得香港的大學生，已經對流行文化，尤其是電視，缺乏批判意識）。我有時在想，如果中文系的學生也不讀《素葉》，這是誰的錯？香港的文學愛好者可能學張愛玲「流行」的一面比較容易，學張愛玲「悲涼」的一面比較難。

簡而言之，過去半個世紀，香港的流行文學已經非常發達，可以說是香港文學的主流。這原因，既是因為香港社會的商業性質，市場（看上去）決定一切。也是因為 1949 年後鴛鴦蝴蝶派、武俠小說等在內地較難容身，便都來香港發展。還因為正好有那麼幾個傑出人才：

金庸、梁羽生、三蘇、黃霑、李碧華等等。但我們今天的研討會，卻更應大力支持鼓勵分析香港的純文學，或者說文藝小說，我們要看到馬朗、劉以鬯、崑南等人最早開始實驗現代主義文學，要看到西西、也斯等人從七十年代起，就在文學裏發掘主體性，也是香港的「純文學」關心社會歷史的一種藝術動向。香港並沒有像內地那樣的社會文學主旋律，在長遠看也並不一定是壞事。

寫於 1999 年 8 月 4 日

本文原為在第三屆香港文學節專題研討會上的講稿，收入《香港短篇小說初探》(香港：天地圖書，2005)。

---

1 許子東：〈新時期的三種文學〉，原載《文學評論》1987 年第 2 期。

2 見 Frank Lentricchia & Thomas McLaughlin 編，張京媛等譯：《文學批評術語》(Critical Terms for Literary Study)，香港：牛津大學出版社，1994 年，頁 93。

3 許子東：〈假如沒有「五四」〉，《明報月刊》1999 年第 5 期。

中國內地、台灣和香港散文中的動物意象

「五四」的散文家寫動物時，態度比較複雜。有的為昆蟲辦喪禮唱悼歌（郁達夫〈燈蛾埋葬之夜〉、魯迅〈秋夜〉）；有的視之為家庭一員，繫之以人倫感情（豐子愷〈白鵝〉、吳伯蕭〈馬〉）；有的主張一律疼愛（冰心〈鳥獸不可與同羣〉）；也有的嘲諷攻擊乃至痛恨（如魯迅之仇貓，見〈狗・貓・鼠〉）。常常文意與標題相反，像葉聖陶，歌頌秋蟲卻寫〈沒有秋蟲的地方〉；如老舍，寫的是〈狗〉，罵的是貓。周作人式的文人作風，更喜歡反世人之好惡而行之，諷刺挖苦世俗寵愛的金魚（〈金魚〉），卻對蒼蠅說了不少好話（〈蒼蠅〉）……這些動物在散文中，可以是道具、點綴，也可以是主角、「文眼」，甚至可以是文人自剖自戀的自畫像。1949 年以後，文學散文在內地、台灣、香港不同地域有着不同的變化發展，所以同樣寫貓狗魚蟲，造型、意象頗不相同。一般說來，台灣散文多寫貓、鼠和小鳥，可憐可愛，令人同情；內地散文努力營造令人敬佩的小動物意象，最著名的有楊朔和秦牧筆下的蜜蜂；香港散文中的動物則既可愛又討厭，人們在哭笑不得時，不得不調侃自己對動物（乃至自然）的迷戀，比如李碧華寫貓，余光中、梁錫華寫青蛙……

一、台灣散文的流行主題：不僅愛貓而且憐鼠

在魯迅 1924 年翻譯的廚川白村的《出了象牙之塔》裏，有一段對 Essay 的著名定義：

> 如果是冬天，便坐在暖爐旁邊的安樂椅子上，倘在夏天，則披浴衣啜苦茶，隨隨便便，和好友任心閒語，將這些話照樣地移在紙上的東西，就是 Essay。興之所至，也說些以不至於頭痛為度的道理罷，也有冷嘲，也有警句罷。既有 humor (滑稽)，也有 pathos (感憤)。所說的題目，天下國家的大事不待言，還有市井的瑣事、書籍的批評、相識者的消息，……及自己過去的追憶，想說甚麼就縱談甚麼，而託於即興之筆……[1]

既是坐在椅子上烤火茗茶，書桌、寒舍、窗景、後院便自然成了第一優先的題材，所以抬頭不見低頭見，書齋寒舍裏的合法居住者 —— 貓，也就成了「五四」散文，乃至後來台灣、香港散文的重要素材（唯獨 1949 年後的內地是個例外，容後再議）。「五四」文人寫貓，立意大致有三，或厭惡貓及類似貓的人與事；或疼愛貓並愛別的一切；或藉「貓」發揮作文人式的自剖懺悔。

魯迅說他「仇貓」是理由充足，而且光明正大的：「一，牠的性情就和別的猛獸不同，凡捕食雀鼠總不肯一口咬死，定要盡情玩弄，放走，又捉住，捉住，又放走，直使自己玩厭了，這才吃下去，頗與人們的幸災樂禍，慢慢地折磨弱者的壞脾氣相同。二，牠不是和獅虎同族的麼？可是有這麼一副媚態！」[2] 魯迅特別討厭貓兒的叫春，「鬧得別人心煩」[3]，使他聯想到北京闊人們的婚禮繁瑣禮節。由仇貓，

再扯上落水狗，並諷刺青年導師之流，於是貓的意象便牽連了一大堆社會批判的線索（甚至還順手責罵了年輕人張春橋的「貓兒也叫春」的詩句）。

與魯迅態度正相反的是冰心女士。她曾藉散文中的人物之口說：「和人談話真拘束，不如同小鳥小貓去談。牠們不擾亂你，而且溫柔地靜默地聽你。」[4] 文中的「我」，「第一樂事，就是拔草喂馬」，然後是喜歡小狗，接着便疼愛小貓。雖然開始時不無保留，但終為小貓的睡態所感動：「我最怕小貓睡着呼吸的聲音！……我漸漸地也愛牠了，牠並不抓人，當牠仰臥在草地上，用前面兩隻小爪撥弄着玫瑰花葉，自驚自跳的時候，我覺得牠充滿了活潑和歡悅。」顯然，冰心的泛愛也不是無條件的，第一要和平（不抓人），第二是美（撥弄玫瑰花葉）。從這兩個基本原則出發，「我」還喜愛「玲瓏嬌小的小鳥」，「還有藕荷色的小蝴蝶，背着圓殼的小蝸牛，嗡嗡的蜜蜂，甚至水裏每夜亂唱的青蛙，在花叢中閃爍的螢蟲，都是極溫柔，極其孩氣的。」冰心告訴小讀者們：「你若愛牠，牠也愛你們。因為牠們都喜歡小孩子。大人們太忙，沒有功夫和牠們玩。」[5] 也許冰心批評得對，「五四」的文人們當時太忙於憂國救民了，直到幾十年後，他們中的一些人，或他們的「下一代」到了海外，才有空重新和小貓青蛙對話。

鄭振鐸對貓，既不像魯迅那麼恨也不如冰心那般愛。他家先後養了三隻貓，因為「三妹是最喜歡貓的」，所以前兩隻貓病死或被偷時，「我心裏也感着一縷的酸辛」。偏偏第三隻貓「長得不好看」，家裏人都不喜歡，加上又被懷疑偷吃了妻子的愛鳥，於是就被「我」憤怒地棒打了。貓「畏罪潛逃」，不久死在鄰家。可「我」後來卻發現，食鳥的並非此貓：「我心裏十分的難過，真的。我的良心受傷了。」於是，貓的冤案完成了知識分子的自我懺悔：「想到牠的無抵抗的逃避，益使我感到我的暴怒，我的虐待，都是針，刺我的良心的針！」[6]

相比之下，夏丏尊的同題散文〈貓〉寫得更平實沖淡。「我」的三妹在送來一隻名種好貓後不久病逝了，這使得全家人視此貓為不吉。然而貓漸漸長得漂亮，且能幹（會捕鼠）。突然某天，貓不見了。三天後在後山見到牠的屍體，家裏人都哭了——

> 「死了也就算了，人都要死哩，別說貓！快叫人來把牠葬了。」
>
> 我催她們離開。妻和女兒進去了。我向貓作了最後一瞥，在昏黃中獨自徘徊。日來已失了聯想媒介的無數往事，都回光返照似地一時強烈地齊現到心上來了。[7]

以後的幾十年裏，寫貓的華文散文無數，但道理這麼淺白，氣氛如此雋永，實不多見。

在我相當有限的閱讀範圍裏，台灣散文較多描寫的動物依次為貓、鼠、狗、鳥、蟬、駱駝、蚊子……寫貓者雖眾，像魯迅般仇貓卻沒有，如西諦似的藉貓自剖的也罕見。除顏元叔的〈懶貓百態〉有些林語堂式的幽默調侃外，其他如朱慧潔的〈貓〉、席慕蓉的〈貓緣〉等，大都延續着冰心的溫柔清純風格並將其發展得更聖潔更泛愛。

朱慧潔說她的故事是千真萬確的。某日散文中的「我」將貓贈與同事後，貓出逃了。之後「我」便憶起了那貓的百般好處：「人靜夜深，一陣陣寒風在窗外呼嘯掠過，在黑暗中我睜大眼眶，我惦念那出來的貓，牠此刻身在何處？」這思念遠非鄭振鐸的「悵然」可比，甚至也超過冰心泛愛的程度。「我和牠有着母子般的情感在，所以半夜恍惚的神思裏能聽到貓兒淒厲的呼喚聲，……我忽覺眼瞼有陣陣冷澀的感覺，伸手一抹拭，才知道眼淚又滑出我的眼眶了。」最後，當貓兒神奇地回來時——「我伸出手去，接抱過來，我的淚已無法可抑制了……我只有立下誓言：我將永遠不再戲弄牠，我要牠送走我的天平，或者讓我送走牠的。我們彼此不再分離。永遠，永遠廝守。」[8]

應該說這種聖潔愛心的禮讚是台灣當代散文中的一個重要主題。像張秀亞〈種花記〉裏對幼苗的期望，像張曉風散文中以第二人稱對夫君、對孩子的感性呼喚，像琦君〈母親的書〉裏那份含蓄的親情，那種種源於冰心又比冰心更「冰心」的聖愛情懷，都是同時期內地和香港散文中所少見的。相形之下，不用說魯迅的匕首利劍，就是周作人、郁達夫式的沖淡瀟灑文人傳統也未能在台灣散文中形成主流。

席慕蓉的〈貓緣〉更進了一步。文中第三人稱的女孩因愛貓而愛人，且在新婚前夕向新郎宣佈她愛他的原因：「第一，我愛聽你的聲音，你的標準國語。第二，因為你愛貓。我想，一個那麼愛貓的男生，一定有一顆良善的心，將來除了愛貓之外，一定也愛太太、愛小孩。」[9]多年以後，他們的孩子們果然也一樣地愛貓。

隨着經濟結構、文化氣氛的變遷，貓也從文人的抒情道具變成了中產階級倫理價值系統的一環。把愛貓與否作為愛心乃至人性的試金石，這時貓的功能，頗似現今西方的狗。不過狗在中國現代散文裏，向來受歧視。巴金在1941年寫過一篇散文〈狗〉[10]，描述「我」怎麼克服對狗的恐懼，最後勇敢地向狗投石（直到「文革」後，巴金才發現可憐的小狗是可以與他及蕭珊共患難的，見〈小狗包弟〉[11]）。袁鷹在〈狗〉的標題下，描畫的是世人如何嘲笑落水狗及癩皮狗令人噁心的醜態。[12]魯彥也有篇散文題為〈狗〉[13]，卻根本沒有關於狗的描寫，而只是懺悔他自己郊遊時沒有援救旁人而受到同行愛羅先珂的責備。「狗！我才是一隻狗！我從良心裏看見了所做的事情……我恨不得立刻鑽入地下！」同樣是自責懺悔，西諦好壞還用貓做道具，魯彥卻只是把「狗」

用作一個壞的概念。「為甚麼中國人不分黑白地把漢奸與小人叫作走狗？」老舍曾經這樣發問，「倒彷彿狗是不忠誠不義氣的動物。我為狗喊冤叫屈！」[14] 然而大勢所趨，老舍提倡的「走貓」一詞並未流行，他筆下的狗也仍然難看：「骨瘦如柴，終年夾着尾巴……」

當代的台灣散文家似乎不再罵狗，但也很少寫狗。徐鍾珮有篇〈阿黑〉[15]，對鄰家雜貨店的一條黑狗表示憐愛，原因是「阿黑，土頭土腦，全沒有半點洋氣」。而那隻舐着女主人木屐裏的腳趾尖的「漂亮洋狗布朗，卻成了個諷刺的陪襯」。這是除了同情「被侮辱和被損害的」弱狗外，似乎又含有牽涉膚色的民族主義情緒。

散文家營造動物意象，常不免自我投射。「五四」的人們較喜歡藉小動物自剖自審，台灣的散文更偏向於憐愛小動物而實則自憐自愛。憐愛，是一種心情，其實與對象關係不大，小動物易於被疼愛，但「大動物」又何嘗不能用以自憐？梁實秋晚年在台北動物園用悲劇的心情看駱駝，便是一例。「牠的檻外是冷清清的，沒有遊人圍繞……地上是爛糟糟的泥。牠趴在那，老遠一看，真像是大塊毛薑，逼近一看，可真嚇人！……腰間的肋骨歷歷可數，頸子又細又長，尾巴像一條破掃帚。駝峰只剩下了乾皮，像一隻麻袋搭在背上，駱駝為甚麼落到這種悲慘地步呢？」梁實秋非常感慨地回答了自己的問題：「這駱駝之黯然消逝，也許就是類似『人地不宜』之故吧？生長在北方大地的巨獸，如何能局促在這樣的小小圈子裏，如何能耐得住這炎方的鬱焦？牠們當然要憔悴，要悒悒……」[16] 比起男性作家這種直接對象化的自我憐愛來，台灣女作家則每每先教導孩子們（及讀者）去憐愛貓狗魚蟲，再為自己能有這份聖潔的愛心而自我感動。比如張秀亞的〈孩子與鳥兒〉，主人公漫步後院，見花朵萎落於土，便想到一個偉大的意念——「愛，卻自古今，始終充塞宇宙，一切有生之物，莫不是它的仿本，熾烈的生命火炬，賴着神聖的愛，得以代代繼續，燃燒不熄。正在沉思間，突然一個毛茸茸的小團，輕吻着赤裸的足踝……」[17] 原來只是一隻小麻雀，「我」便將牠交給孩子們，又引來其他麻雀，會友溝通，最後自然是放去。眼看鳥兒自由飛翔，「我」覺得「惟其懂得愛」，才獲得了幸福本質。言下之意，我幸福因為我愛。

更能體現台灣散文「憐愛」主題的例子是琦君的〈鼠友〉和〈人鼠之間〉。雖然《詩經》裏就有「相鼠有體」之類的嘉美，但國人的審美習慣中，鼠多是個負面意象。夏衍有文〈甲子談鼠〉[18]，深為科學家證實中國是老鼠原生地而遺憾，並列舉種種統計數字證明「老鼠這東西有百害而無一利」。琦君卻不管這些科學常識，當她旅居高雄半夜見鼠在牀頭吃巧克力時，只覺得「與這隻小鼠之間，竟有靈犀一點」。靈犀的基礎還是「愛心」，「貓狗自不必說，就連人見人厭的過街老鼠，我也無心殺害。尤其是對於眼前這隻楚楚依人，肌腸轆轆的小老鼠，越發動了憐憫之心。」[19] 由人鼠真誠相對，琦君想到人際關係之虛偽，再引出斯坦貝克的小說、英格蘭詩人的詩及豐子愷的畫等，皆證明孟子的「惻隱之心，仁之端也」。無獨有偶，商禽也曾以憐愛筆調，細細描寫了一隻吸他血的蚊子如何「造形優美」，「最美的是牠的六隻長腿」等，[20] 把牠拍昏（死？）後還頗有歉意，其「菩薩心腸」堪與琦君媲美了。其實，「五四」時期也有人憐鼠，不僅是一貫泛愛的冰心（見〈寄小讀者・通訊二〉），甚至也包括以筆鋒尖刻著稱的魯迅。魯迅和琦君「英雄所見略同」，都認為「老鼠竊食不算偷，算不得甚麼大罪」[21]。而且魯迅還作具體分析，以為竊食者為大鼠，而他喜歡的是「拇指那麼大的」隱鼠。魯迅幼年曾依據「老鼠成親」的年畫想像隱鼠們的生活情景，常常半夜不睡，結果是失望地「仍然只是看見幾個光着身子的隱鼠在地面遊行，不像正在辦着喜事」。可是魯迅和琦君在以下兩點上有根本性的分歧：一是魯迅憐鼠後便依邏輯仇貓；而琦君，如前引，是由愛貓而延伸仁心到憐鼠。二是魯迅一面激烈地仇貓一面又嘲諷自己的「憤怒」：原來他錯怪了貓，殺隱鼠的是他所喜歡的保姆長媽媽；而琦君，及其他清純派的台灣散文家，基本上是不會拉開距離來自嘲和反諷她們那無所不在的聖潔的泛愛之情的。比方說，很少會有人描寫當毛茸茸的小鳥在孩子們手上享受神奇的愛的溫暖時，忽然一泡鳥屎拉在小孩衣服上……

二、內地散文的典型意象：渺小而又高尚的蜜蜂

曹冠龍的傷痕文學處女作叫〈貓〉[22]，描寫一個教授在「文革」初因誤傷一隻貓而驚恐致死。雖然這是小說不是散文，卻可以部分地解答我們前面提過的問題：何以「五四」時期，及台灣、香港的散文皆有寫貓的佳作，唯獨內地是個例外。

以貓為題的散文也不是完全沒有。比如老舍就在 1959 年寫過〈貓〉[23]，不過不是談自家養貓，而是泛論貓的優缺點，最後歸結到滅鼠運動取得了很大的成功。黃秋耘也寫過〈古怪的貓的自白〉，不過寫的並非真貓，而是引述愛羅先珂童話〈古怪的貓〉，講一隻貓因不肯吃老鼠而發瘋。真的故事是講「我」如何不願在政治運動中整人，像那隻「貓」一樣同情「老鼠」:「這隻古怪的貓並沒有甚麼不好，至少牠並沒有把自己的同類當作老鼠來吃掉。」[24] 意象雖直露淺白，卻也是「五四」散文「貓鼠」主題的一個意想不到的新變奏。當然，此文發表於「文革」之後。

曹冠龍的故事其實最多只是次要、局部的答案，很少人寫貓的真正原因恐怕更複雜些。前引廚村的 Essay 定義，散文理當是文人坐

（躺）在椅子上烤火茗茶時的即興隨感，作者個人真性情的流露是現代散文的核心。延安文藝座談會以後，作家被要求走出個人小天地，到工農兵中去。於是現代散文的基本文體格局——書齋、寒舍、後院、南山——就被打破了。自然而然，離開了書齋寒舍，貓（以及燈蛾、青蟲、金魚、隱鼠）的重要性也就消失了。不僅如此，貓這玩藝兒，說壞也害不了人，說好又不夠威武善良，灰不溜秋，頗似「中間動物」，和「中間人物」一樣，難以下筆寄託革命的愛和恨。因為一旦小我大我關係確立，鍾愛甚麼樣的飛禽走獸花鳥魚蟲，也不再只是個人趣味。可是，甚麼樣的動物形象才真正符合社會主義現實主義的美學理想呢？千里馬？老黃牛？鯉魚跳龍門？不怕暴風雨的海燕？……所有這些意象都曾流行過，但更多是在年畫月曆或中小學教材上。真正被認為代表那個時代（1949—1966）的散文佳作，卻還是選擇了冰心早在 1924 年就向小讀者們推薦過的小動物之一：蜜蜂。二十世紀五、六十年代中國內地有名的三位散文家（楊朔、劉白羽、秦牧）之中，有兩位都有專文讚美蜜蜂。上海作家、《萌芽》雜誌前主編哈華更有萬字長文〈養蜂老爹〉[25]，頌人也讚蜂。1949 年以後內地散文界，魯迅式的匕首文體和辛辣的批判作風不復存在，郁達夫、夏丏尊式的玩味燈蛾傷悼亡貓的文人傳統也難延續，倒是冰心式的優美清純風格，以及對小動物童話般的讚美，仍能存活且發展下去。當然，存活和發展的方式是不同的。我們已經考察過冰心的愛貓，如何在台灣發展為「母子情」，發展成憐鼠惜蚊。下面我們也要看看從冰心溺愛的「嗡嗡的蜜蜂」，到楊朔的〈荔枝蜜〉和秦牧的〈蜜蜂的讚美〉及〈花蜜和蜂刺〉，同是優美精巧的意象，其間有怎樣脫胎換骨的改造。

對中國當代散文影響深遠的楊朔模式，通常由三個基本程式組成：第一，由一片風景或某種動物構成一個美好的意境或意象；第二，

「我」遇到美景中或動物旁的一個勞動者；第三，從景物和交談中「我」領悟了一個道理。〈荔枝蜜〉這個已收入各種選本及教材的名篇也不例外。景是廣東從化溫泉的荔枝園，加上園中的蜜蜂。「住在溫泉的人多半喜歡這種蜜，滋養精神……甜香裏帶着股清氣，很有點荔枝味兒。喝着這樣的好蜜，你會覺得生活都是甜的呢。」其實不加最後一句，「甜香的蜜」的寓意也已清楚；但加上最後一句，卻保證了作品在當時的通行程度。然後，第二程式，養蜂員老梁向「我」介紹蜜蜂的操守品行：「你瞧這羣小東西，多聽話……蜜蜂這物件，最愛勞動……每回割蜜，給牠們留一點點糖，夠牠們吃的就行。牠們從來不爭，也不計較甚麼，還是繼續勞動，繼續釀蜜，整日整月不辭辛苦……」[26]這樣觀察蜜蜂後，「我」當然要感慨了：「多可愛的小生靈啊，對人無所求，給人卻是極好的東西（聖潔的泛愛？——筆者注）。蜜蜂是在釀蜜，又是在釀造生活，不是為了自己，而是在為人類釀造最甜的生活，蜜蜂渺小，蜜蜂卻又多高尚啊！」說完所有這些「甜言蜜語」之後還不夠，文末作者還表了個決心：「這黑夜，我做了個奇怪的夢，夢見自己變成一隻小蜜蜂。」

楊朔已清楚列出蜜蜂這個意象在當時受歡迎的政治原因。蜜蜂的渺小代表普通人的身份，因為「聽話」「最愛勞動」「從來不爭」「不辭辛苦」，所以被認為是高尚。

秦牧的散文向以知識性、趣味性見長。他讚美蜜蜂的理由與楊朔稍有不同。他首先也肯定蜜蜂的價值在於牠們的貢獻：一隻蜜蜂辛勤釀造一公斤蜂蜜，必須在一百萬朵花上搜集原料。然後秦牧引培根、魯迅、郭沫若等人的議論，稱讚蜂的廣集眾採和改造消化：「多麼令人稱道的釀蜜方式，多麼令人讚美的辛勤！」（〈蜜蜂的讚美〉[27]）秦牧大概覺得他的這個六十年代的蜜蜂形象太符合主流意識形態的要求了，所以「文革」過後，他又寫了篇〈花蜜和蜂刺〉[28]，雖然繼續讚美，但這次強調的是蜜蜂有時應當自己反抗。「刺和蜜這兩樣東西都有，蜜蜂才成其為蜜蜂！」也就是說，楊朔的蜜蜂的「從來不爭」的美德被秦牧在十幾年後「修正」掉了。「蜜蜂使我想起既能辛勤勞動，必要時又能挺身戰鬥的人。」然而，自然界的蜜蜂刺人「抗爭」，是必須以付出生命為代價的。所以，也需要無數渺小而又高尚的蜜蜂式的人們飽受磨難甚至犧牲，才導致秦牧蜜蜂意象的這一修改。

如果說台灣散文中的動物意象大都是可憐可愛的，那麼內地散文的典型動物意象則是可愛可敬的。「可愛」也許都源於冰心的影響，「可憐」與「可敬」卻是意義重大的分道揚鑣：可憐的對象是眾生，可敬的對象是榜樣。

值得注意的是，「文革」後的小說與「十七年」間的作品截然不同，儼然有「新時期」相。但散文創作，似乎仍是楊朔式的意象和冰心風的優美佔主流。甚至一些探索作家的名篇，如馮驥才的〈珍珠鳥〉[29]、賈平凹的〈臥虎說〉[30]，也還是以歌頌、讚美、欣賞（而不是憐憫、同情、傷悼）的筆調去處理動物形象。在〈珍珠鳥〉裏，作者寫那敢於在書桌稿紙上散步，甚至在主人肩頭睡覺的小鳥，滿是讚美和感動。又如〈臥虎說〉，寫的是霍去病墓側一塊石頭，「風吹草低，夕陽腐蝕，分明那虎止騷動不安地衝動，在未躍欲躍的瞬間；立即要使人十二分地駭怕了！怯生生繞着看了半天，卻如何不敢相信寓於這種強勁的動力感，竟不過是一個流動的線條和扭曲的團塊結合的石頭的虎，一個臥着的石虎，一個默默的穩定而厚重的臥虎的石頭！」虎和蜜蜂涵義不同，但敬重讚譽態度相近。比較琦君憐鼠並念及眾生時，「一顆心總是悶悶的，也清清寂寂的」[31]，賈平凹則體察「東方的味」，並憧憬「靜觀臥虎，便進入一種千鈞一髮的境界」，其間的審美情調的差異，又豈是意識形態需求這單一因素所能全部解釋得了的？

三、香港的青蛙：是田園詩，還是噪聲？

香港散文大致可分為專欄小品和文人散文兩類。前者主要寫市井男女、街道商場、星聞趣事及各式各樣都市生活碎片，後者則多寫書齋寒舍、校園山水、花木草蟲以及師友親人和種種田園雅趣斷想。值得注意的是，寫作「文人散文」的主要並非職業文人（或者更準確地說，並非職業作家），而多是高校裏的學者、教書人，如宋淇、思果、余光中、小思、劉紹銘、梁錫華、黃國彬、也斯等。其中尤以二十世紀七、八十年代的香港中文大學中文系最為集中，故有「沙田文學」之稱。而專欄小品的作者中，卻有不少「文化人」：如戴天、蔡瀾、岑逸飛、哈公、黃霑、張文達等，其中也包括一些職業作家，如劉以鬯、李碧華、亦舒……

以上兩類散文之間的界線其實很微妙，尤其就作者歸類更不易劃清。不少喜歡寫「文人散文」的學者，有時也在報上開專欄。職業作家中擅寫山水鳥蟲、閒情逸致的也很多，所以與其說是兩類不同散文作家，倒不如說是兩種散文文體、兩種散文創作傾向更為恰當。如果說寫作可以解釋成一種作家應對社會的策略，那麼香港的知識分子面對這後現代氛圍中的商業文化主潮，其批判的策略大致有二：或為李碧華、蔡瀾式的參與主流，解構流行的文化符號。改造世俗，同時亦不免也為世俗所改造；或為余光中、黃國彬、梁錫華般自築園地，遠離大眾主流。抗衡世俗，抗衡中自然亦有蔑視和害怕的成分。「文人散文」一詞，指的是散文寫作中的一種「文人姿態」，與作者是否是文人其實無關，而這種「文人姿態」「文人氣」與香港後工業社會的次文化主流的大背景之間看似對抗實則依存的關係，頗值得研討。

不過在寫動物時，專欄小品與文人散文還是同多於異。相同之處是香港的散文都不像台灣的散文那樣一味疼愛憐憫小動物，也不似內地散文式的努力讚美歌頌小動物，而常常是採取頗自我矛盾的態度，既喜歡又討厭，既沉迷欣賞又嘲諷調侃。至於相異之處，那就是來自於作家多寫較世俗的動物，貓狗兔之類。而文人散文則會描寫一些普通市民無暇注意的動物，如鷹、牛蛙（一種較罕見的青蛙品種）等。

與「五四」和台灣的散文相比，香港作家寫貓（當然，也不止於寫貓）時，一方面是更世俗化，直接聯繫貓（以及人）的生計（搵食）問題，另一方面則更媒介化，談論畫報、廣告、電影、音樂、包裝中的人工的貓多於談論自然界裏真實的貓。

阿濃有篇〈天台上的小貓〉[32]，鄰家小孩阿單和「我」的兒子在街上拾回隻無家可歸的小貓，「我」也不是沒有同情心，但不准孩子們養貓，理由很簡單，住宅空間有限，沒有地方。後來勉強在天台上給貓尋到處容身之地。文末仍不知天冷了貓會凍死，「我該怎麼辦？」比起西諦和夏丏尊那感傷和含蓄的憐貓來，阿濃的苦惱似乎世俗得多也簡單得多。

李默也寫〈貓〉[33]，不僅寫貓的眼神、利爪、皮毛、輪廓線條，也寫更實際的東西，比如「食物突變，不對胃口，牠就仰頭死盯住我們的臉孔，在責問」，也寫「換了地方和便桶，牠就便秘」。

還有吳令湄的〈貓鼠之什〉[34]，開宗明義承認：「『你愛貓麼？』我想，不一定吧。家裏現在的一頭貓，就只是藉來嚇走鼠的，並不是為愛貓而養貓。」雖然後來隨着孩子們的興趣，對貓也漸生好感，但關鍵時刻，比如要為貓作「宮刑」時，卻絕不含情脈脈而手軟，現實得很。

不僅是貓，舒非寫過篇〈駱駝〉[35]，也和梁實秋一樣有自我憐惜的成分，但投射的內容全然不同：「放工回家，必去街市。走一趟街市，手中提滿大袋小袋，魚呀、肉呀、菜呀，沉甸甸的。平時愛吃生果，現時又盛暑，經常要抱個大西瓜回家……於是乎，拖着沉重步履爬天橋，身子一弓一弓，像極載重的駱駝。」

自張愛玲在二十世紀四十年代的〈中國的日夜〉[36] 裏描畫過菜場風景以來，只有香港的專欄，才和小市民世俗生活關係最近。這不僅是因為「士農工商」的結構在香港這個自由港被顛倒得比較早也比較徹底，多數寫稿的人並無「文人」的傳統閒適可享受，而要直接面對具體的生存空間危機，所以他們也要替他們筆下的貓考慮一下生計問題；也是因為後現代主義文化氛圍早使浪漫成分激情變得蒼白，人們於是對小市民，或者說是普通人的日常慾望有了一種新的解讀。在這層意義上，香港很多專欄小品可以說是現當代華文文學中最世俗也最平民化的一部分。當然也有些散文，頗不滿於那種一味盡忠盡義勤懇的謀生態度，石琪寫過篇〈貓的傲慢〉[37]，詳說「貓的傲慢，就是高竇與散漫。貓對人總是愛理不理似的……貓充滿自我主義」，甚至貓捉老鼠，也「不是勤力為人服務」，而「純然是把捉鼠當作自我娛樂罷了」。在這種對貓的道家化的浪漫形容後面，不也正是對世俗生活壓力的一種反面的正視嗎？所以同樣也羨慕野貓「慵懶、出世、逍遙」，「各有各的方式享受午後的陽光」的陳方，在他的散文〈野貓〉[38] 的結尾，也要告訴我們他甚愛野貓的辦法，便是「常拿飯菜去喂牠們」，「一堆飯菜呈現在打開的膠袋上，羣貓大嚼特嚼，非常之從容不迫，直到食物消盡，又卻悠然自得的走回陽光下。然後睡覺，洗臉的洗臉，耍逗的耍逗！」這種對動物「搵食」的重要性的強調，以及對動物進食狀態的詳盡描述，確是「五四」時期散文以及台灣散文中所罕見的。就連純文學作家西西的著名散文〈狒狒〉[39]，渲染的也是一隻猩猩被飼養員餵食時的安詳和平神態。

大城市生活的另一個特點——也是張愛玲的觀點——就是：「生長在都市文化中的人，總是先看見海的圖畫，後看見海……我們對於生活的體驗往往是第二輪的，藉助於人為的戲劇，因此在生活與生活的戲劇化之間很難劃界。」[40] 我們看到香港散文中的貓、狗、兔、鼠也是人工的藝術的多過自然的實物。黃維樑寫的動物，大多是生肖符號。在李碧華那裏，題為〈龜〉[41] 的隨筆，談的是美國影片《忍者龜》；〈孟買蝴蝶〉[42]，寫的是一種特產的咖哩角；而〈眼鏡蛇〉[43] 寫的意象，是一個戴着墨鏡神情難測的日本導遊。也斯有篇〈豬與春天〉[44]，濃墨重彩，繪的是一幅黑色的剪紙：「這黑色的肥豬，可想不到，在黑色裏頭有這麼多顏色。」於是，這媒介化的豬，便被抽象出一些現代主義的色味：「黑是眾色之母……在路的盡頭有一朵紅花，幾枝綠葉，又有點黃色。」在阿濂的〈沒有殼的蝸牛〉[45] 裏，動物的意象更被化為具體的現代人的異化感。散文中的「我」，被「考試、上進、考試、上進」等「鮮紅色的聲音」弄得失去了聽覺，於是走在馬路（社會）上，猶如失去殼的蝸牛：「我慢慢在馬路水泥汀上爬行，我儘量用黏液滋潤全身。那些皮底的鞋，尖底的高跟，還有橡膠的運動鞋，一隻隻踩過來，踩過來，我發覺我的黏液全變成了汗，我發不出一點聲音，天啊你們不要踩過來，不要……」陳悅齊的〈芻狗〉[46]，更寫實地象徵着街旁被警察追趕狼狽逃生的小販們。種種對動物意象的媒介化處理中，除了現代主義的變形隱喻外，更常見的是直接的借題發揮，如一貫擅長在舊詞中翻出新意的李碧華，其〈狐假虎威〉[47]，便排出一個社會依附的層次圖：「鼠假貓威、貓假犬威、犬假狐威、狐假虎威。通常不作興『越級』。」作者頗同情和同意「狐假虎威」的做法，只是擔心常人每「找不到穩固靠山」，是的，最大的煩惱，因市面上真正的虎難得呀。「狐也找到狐，互相傾軋怎麼辦？狐找到貌似虎的貓怎麼辦？反而去照顧貓？找到了真虎，虎不忍被你『假』，又如何是好。」應該說，所有這些含沙射影、一石數鳥的議論中，動物的本來意象及習性依然存在，貓、狐、虎等，再媒介化，也依然性格分明，確是妙文。

李碧華的專欄裏常有類似的跳躍斷想。也可見出印刷格式、交稿時限對文體的制約和影響。豆腐乾格式既能造就文筆的簡潔，也會導致意念的閃爍。無論如何，這種在斗室或咖啡館或 hotel room 裏急就，每日限時流出「性靈」（常常不止一篇）的寫作方式，終究不同於「五四」美文茗茶烤火即興隨意的創作初衷。不過，在香港要像「五四」文人般把玩閒情逸致、品味沖淡空靈，是需要一定條件的：比如稍寬敞的書齋客廳可以踱步或容下「安樂椅」，門前屋外有真的草木青蟲，有較靈活的工作時間可以踏晨露夜霜，有較穩定收入不必光等「性靈小品」的稿費來支付樓宇的分期付款⋯⋯這也就是香港的文人散文主要並非由職業文人所寫，多數出於大學教授、學者之手的原因之一。

香港的文人散文，自有其文學史的意義。如前所述，周作人、郁達夫式的寫書齋畫山水的文人傳統，在 1949 年以後的內地失卻了「自己的園地」，在台灣也不如冰心風格的清純泛愛那麼流行，反而是在受英國殖民統治的香港的大學裏，得到某種奇特的延續。一般說來，「五四」文人憂國救世不得後尋求心靈解脫和情慾淨化的途徑有二：一是偶遇一位玉潔冰清的女人，二是面對一片或清澄或空蒙的山水。「沙田」的散文主要承襲後一種途徑。可以說倘若沒有吐露港、馬鞍山，沒有中大校園的晨霧夜露、青蟲百鳥，便沒有了「沙田」的散文。而「沙田」散文之寫動物，主要也是把牠們作為山水、田園的一個部分。猶如余光中〈牛蛙記〉[48] 所記：「沙田在南中國最南端的一角小半島上，亞熱帶的氣候，正是清明過了，穀雨方甘，無數墨綠而黏滑的鄉土歌手，正搖其長舌，鼓其白腹，閣閣而歌。」蛙鳴野籟代表自然，文人面對自然，便有了田園詩。所以余光中說他對蛙鳴的好感之中，「不但含有鄉土的親切感，還隱隱藏着自然的神秘感，於是一端近乎水草，另一端卻通於玄想和禪境了」。其實陶醉於蛙鳴，也算是文人傳統之一，即使是左翼詩人臧克家，在早年從軍中，也曾企盼「蛙鳴來潤一下乾涸的心」，「心絲是隨着蛙聲而掣遠了」。[49] 不過「沙田」的文人，是在香港都市背景（雖然頗有些地理距離）下欣賞蛙鳴的，所以梁錫華的〈不與時人同夢〉[50]，便以標題點出了「沙田」散文的田園詩基調與都市現實之間微妙的張力關係。一方面，深夜校園獨步，「不與時人同夢」，有「異於時人」且「高於時人」之意。因為在香港親草木聽蛙鳴，乃浪漫、奢侈之舉，頗帶幾分文人的自豪感與精神上的貴族氣；另一方面，把白天的黃金時段讓給世人，也反證「賓士」、手提電話、XO、恒生指數之類主流符號氣勢之盛。所以「不與時人同夢」，也有「異於時人」且害怕世俗之意。在這種以草木蛙鳴構成對都市的抗拒中，似乎也包含文人對「自己的園地」的自愛自憐。

當然，「沙田」散文，至少是其中的精品，卻又不僅僅只是迷戀山水草木、傾聽鳥語蛙鳴，藉此自戀；有時，作家們又會嘲諷調侃他們對田園詩的迷戀。〈牛蛙記〉是一個很好的例子。文中的蛙聲雖然一度令主人公「血脈暢通，心境豁然，蛙聲留耳，渾然忘機」，但其中有種低音，終因噪聲分貝太高，而將主人公拉出「禪境」。幾夜吵鬧後，主人公終於放棄文人風度，採用肥皂水和滴滴涕之類化學品去和陰溝裏的牛蛙作戰。這裏，牛蛙成了一個象徵，既令人同情又令人討厭，值得讚美又可以痛恨。全文最精彩的高潮，是在主人公夫婦滅蛙不得只能學習忍受這野籟噪聲之後，他們與新來的鄰居的一段對話：

「這一帶真靜。」

我們含笑頷首，表示同意。忽然咩咩幾聲，從陽台外傳了上來。

那丈夫注意到了，問道：「那是甚麼？」

「你說甚麼？」我反問他。

「外面那聲音，」那丈夫說。

「哦，那是牛……」我說到一半，忽然頓住，因為我妻子看着我，眼中含着警告。她接口道：

「那是牛叫。山谷底下的村莊上，有好幾頭牛。」

「我就愛這種田園風味，」那太太說。

那一晚我們聽見的不是羣蛙，而是枕間彼此格格的笑聲。

文中主人公雖不忍心打破新來的鄰居的田園夢，可〈牛蛙記〉卻對香港散文中的山水意境作了象徵性的解構。當然，嘲笑歸嘲笑，對新搬來的沙田的教授夫婦來說，他們的田園夢不仍然真實的，甚至還可能是感人的嗎？就像「沙田」散文與其香港都市背景的關係一樣：故意強調「心遠地自偏」其實恰恰反證了市聲的困擾；但是能夠自我陶醉地追求「心遠」，能夠勤勤懇懇地尋找「閒適」，不也是一種可觀的努力嗎？

本文沒有結論。散文家喜歡寫貓狗蟲蛙，通過這個角度確實可見出內地、台灣、香港散文之若干異同，以及與「五四」美文傳統之關係：台灣散文之憐貓惜鼠，顯示了「五四」清純文風、泛愛主題向道德化、宗教化方向的某種發展；內地散文之讚美蜜蜂，實則是主流意識形態的精美意象化；而香港沙田的蛙鳴野籟，可以說是既延續又調侃了傳統文人士大夫的閒情逸致。當然，上述概括並不全面，任何分類總有例外。比如，第一，余光中、戴天、思果、宋淇等，是香港作家？抑或台灣作家？—— 倘若很難簡單回答此問題，那本文所試圖勾畫的香港、台灣散文之間差異，或許也可以解釋成「五四」美文不同傾向（冰心文體或周作人風格）在海外華人散文中的不同流變發展。第二，本文強調楊朔、秦牧的蜜蜂意象，意在指出意識形態美學化的具體技術過程。當然蜜蜂意象並不能代表內地散文全貌。即使是在「文革」最熱鬧時，農民屋後和作家心頭的「自留地」也都沒有被完全消滅。賈平凹的虎、孫犁的黃鸝鳥等，都說明着內地散文意象的複雜性。第三，前面討論的主要是二十世紀六、七十年代的台灣散文，至於阿盛、林燿德等新一代作家的近作，顯然脫離了深情憐貓惜鼠的主流。如〈人鼠千秋志〉[51]，以「無所不吃」為依據分析人類與鼠類及蟑螂之共性，既科學又荒誕。又如〈寵物 K〉[52]寫龜的方法，也是和也斯等人一樣，更傾向於在現代氛圍裏抽象地處理動物意象。第四，本文雖已涉及香港專欄散文的文體制約、都市意象和「反文人化」傾向等特點，但如何把專欄作為一種特殊的文學、文化現象來看，尤其放在「五四」雜文與後現代社會報業和其他傳媒發展背景的交叉點去考察，卻是本人目下有心而無力去做，只能留待他日專文的一個課題。

原載《嶺南大學中文系系刊》1995 年第 2 期，收入《當代小說閱讀筆記》（上海：華東師範大學出版社，1997）。

1 廚川白村：《出了象牙之塔》，北京：未名社，1925 年。

2 魯迅：〈狗・貓・鼠〉，引自《朝花夕拾》，《魯迅全集》第 2 卷，北京：人民文學出版社，1981 年，頁 232。

3 同上。

4 冰心：〈山中雜記之十・鳥獸不可與同羣〉，引自《寄小讀者》，《冰心文集》第 3 卷，上海：上海文藝出版社，1984 年，頁 193。

5 同上。

6 鄭振鐸的〈貓〉寫於 1925 年，曾收入上海遠東圖書公司 1928 年版的《家庭的故事》，見《鄭振鐸選集》(上)，福州：福建人民出版社，1984 年，頁 135—138。

7 夏丏尊的〈貓〉寫於 1926 年，原載《一般》第 2 號，收入《夏丏尊文集・平屋之輯》，杭州：浙江人民出版社，1983 年，頁 82。

8 朱慧潔早在二十世紀三十年代便在上海、南京等地報紙副刊發表作品，1947 年抵台後長期任教。〈貓〉近年在內地發表，收入盧今、王宇鴻主編：《台灣散文鑒賞辭典》，太原：北嶽文藝出版社，1991 年，頁 87—95。

9 席慕蓉：〈貓緣〉，引自盧今、王宇鴻主編：《台灣散文鑒賞辭典》，太原：北嶽文藝出版社，1991 年，頁 1006—1011。

10 巴金：〈狗〉，見《巴金散文精編》，杭州：浙江文藝出版社，1991 年，頁 150—151。

11 巴金：〈小狗包弟〉，見《中國當代散文選》第 1 集，香港：新亞洲出版社，1987 年，頁 35—39。

12 袁鷹此文寫於 1948 年的上海，當時恐怕是有具體諷刺對象的。見姚敏勇編：《現代同題散文薈萃》，長沙：湖南文藝出版社，1992 年，頁 257。

13 魯彥：〈狗〉，引自《魯彥散文選集》，天津：百花文藝出版社，1982 年，頁 37—44。

14 老舍：〈狗〉，引自《老舍選集》第 5 卷，成都：四川文藝出版社，1986 年，頁 221—222。

15 徐鍾珮：〈阿黑〉，引自《徐鍾珮自選集》，台北：黎明文化事業公司，1981 年，頁 64—68。

16 梁實秋：〈駱駝〉，引自《梁實秋散文選集》，天津：百花文藝出版社，1991 年，頁 79—81。

17 張秀亞也許事後也感覺這篇愛的頌歌太直露了，在編《秀亞自選集》(台北：黎明文化事業公司，1975 年) 時並沒有把這篇 1951 年的舊作收進去。可是郭楓在為天津百花文藝出版社編選《台灣藝術散文選》時，卻偏選了〈孩子與鳥兒〉。大概在他看來，張秀亞式的五十年代閨秀散文，是很值得向內地讀者介紹的。

18 夏衍：〈甲子談鼠〉，原載《人民文學》1984 年第 1 期，收入王紀人主編：《中國現代散文欣賞辭典》，上海：漢語大詞典出版社，1990 年，頁 307—312。

19 琦君：〈人鼠之間〉，引自《我愛動物》，台北：洪範書店，1984 年，頁 15—20。同一本集子裏，反覆變奏「憫鼠」主題的還有〈鼠友〉〈鼠年懷鼠〉兩篇。寫貓的則共有九篇之多，如〈笨貓風波〉〈黑人與小貓〉〈雪中小貓〉〈養貓泡桑〉〈家有醜貓〉〈貓緣〉及〈貓債〉等。另外〈我家龍子〉和〈難忘龍子〉兩篇也是貓。琦君「泛愛」的花園還包括狗 (五篇)、猴子 (兩篇)、鴿子 (兩篇) 以及烏龜、蜘蛛、蜜蜂、蟋蟀、鴨子等，儼然一個「情感動物園」。

20 商禽：〈蚊子〉，引自《香港別情》，香港：文學研究社，1983 年，頁 11—116。

21 魯迅：〈狗・貓・鼠〉，引自《朝花夕拾》，《魯迅全集》第 2 卷，北京：人民文學出版社，1981 年，頁 232。

22 曹冠龍的〈三教授・貓〉，傷痕文學初期曾以手抄大字報形式貼於復旦校園，也曾被當時素不相識的陳建功、黃子平抄出貼於北大校園。後發表於《安徽文學》1980 年第 1 期。

23 老舍：〈貓〉，《新觀察》1959 年 8 月第 16 期。

24 黃秋耘：〈古怪的貓的自白〉，引自袁鷹、謝大光主編：《中國當代百家散文》，廣州：花城出版社，1988 年，頁 209—216。

25 哈華：〈養蜂老爹〉，引自《散文特寫選 1949—1979》第 2 冊，北京：人民文學出版社，1980 年，頁 339—417。

26 楊朔的〈荔枝蜜〉寫於「大躍進」結束不久，「三年困難時期」已經來臨的 1960 年。見《楊朔文集》(上)，濟南：山東文藝出版社，1984 年，頁 412—414。

27 除了著名的〈蜜蜂的讚美〉外，秦牧在 1957 年還寫過篇幅更長的〈蜜蜂和地球〉，也讚美蜜蜂的求知、勤勞。不過秦牧在八十年代編自選集時卻沒有把上述兩篇蜜蜂的讚頌列在散文類，而是列為「藝談」和「童話」。相反，他後來寫的〈花蜜和蜂刺〉算作雜文。見《秦牧自選集》，廣州：花城出版社，1984 年。

28 秦牧：〈花蜜和蜂刺〉，見《秦牧自選集》，廣州：花城出版社，1984 年，頁 279—282。

29 馮驥才：〈珍珠鳥〉，引自趙麗宏編選：《大陸抒情散文選》，台北：業強出版社，1990 年，頁 92—95。

30 賈平凹：〈臥虎說〉，引自《中國當代散文選》第 1 集，香港：新亞洲出版社，1987 年，頁 325—327。

31 琦君：〈人鼠之間〉，引自《我愛動物》，台北：洪範書店，1984 年，頁 19。

32 阿濃：〈天台上的小貓〉，引自《青春道上》，香港：華漢文化事業公司，1989 年，頁 69—72。

33 李默：〈貓〉，引自《文藝散文精選》第 2 集，香港：基督教文藝出版社，1990 年，頁 97—100。

34 吳令湄：〈貓鼠之什〉，引自《香港散文選》，福州：福建人民出版社，1980 年，頁 101—104。

35 舒非：〈駱駝〉，引自《香港名家小品精選》，香港：新亞洲出版社，1991 年，頁 261—262。

36 〈中國的日夜〉是張愛玲最重要的散文之一。該文被收在《傳奇》(增訂本)(上海：山河圖書公司，1946 年) 卷末作壓軸，顯示作者自己對此文的重視。

37 石琪：〈貓的傲慢〉，引自新亞洲文化基金會編印：《香港作家雜文選》，1987 年，頁 45—46。

38 陳方：〈野貓〉，引自新亞洲文化基金會編印：《香港作家雜文選》，1987 年，頁 226—227。

39 西西：〈狒狒〉，引自何福仁編：《香港文叢・西西卷》，香港：三聯書店，1992 年，頁 271—272。

40 張愛玲：〈童言無忌〉，《天地》月刊第 7—8 期，1944 年 5 月；引自《張愛玲散文全編》，杭州：浙江文藝出版社，1992 年，頁 102。

41 李碧華：〈龜〉，引自《江湖》，香港：天地圖書公司，1991 年，頁 186。

42 李碧華：〈孟買蝴蝶〉，引自《紅塵》，香港：香港週刊出版社，1983年，頁154。

43 李碧華：〈眼鏡蛇〉，引自《紅塵》，香港：香港週刊出版社，1983年，頁167。

44 也斯：〈豬與春天〉，引自《山水人物》，香港：文學研究社，1981年，頁25—26。

45 阿濂：〈沒有殼的蝸牛〉，引自新亞洲文化基金會編印：《香港作家雜文選》，1987年，頁145—146。

46 陳悅齊：〈芻狗〉，引自新亞洲文化基金會編印：《香港作家雜文選》，1987年，頁297—298。

47 李碧華：〈狐假虎威〉，引自新亞洲文化基金會編印：《香港作家雜文選》，1987年，頁114—115。

48 余光中：〈牛蛙記〉，引自《文學的沙田》，台北：洪範書店，1985年，頁85—94。

49 臧克家：〈蛙聲：從軍瑣憶之一〉，《光明》半月刊第3卷第1期，1937年6月10日。

50 梁錫華：〈不與時人同夢〉，引自《文學的沙田》，台北：洪範書店，1985年，頁107—116。

51 阿盛：〈人鼠千秋志〉，引自樓肇明編：《八十年代台灣散文選》，北京：中國友誼出版公司，1991年，頁341—345。

52 林燿德：〈寵物K〉，引自樓肇明編：《八十年代台灣散文選》，北京：中國友誼出版公司，1991年，頁517—518。

「上海文學」與香港文學

兼談「三城記小說系列」之緣起

第四屆香港文學節首場研討會的議題是「都市文學」。據文學節宣傳手冊：「上海、香港、台北……『三城』文學、文化的異同，她們之間的關係、影響等，正是本研討會探討的焦點所在」。本人自去年起，有幸和王安憶、王德威一同參與了一套名為「三城記小說系列」[1]的編選工作。今天是個難得的機會，能聽到各位專家權威對於三城文學的很多意見。我想我只是向大家彙報一下這套叢書的編選情況，也簡略提出一些與「上海文學」、香港文學有關的問題，與各位同行師友各位聽眾一起討論。

一、「三城記小說系列」的緣起

香港三聯書店出版「香港短篇小說雙年選」已有十幾年歷史，我自 1994 年起接編。這是香港目前唯一一种定期出版的小說選本，大概還有文學圈內人注意，小說入選有時會被作者寫入個人簡歷。（不知會不會有助於日後申請藝術發展局資助？）我在編選過程中主要收集個人喜歡的「好作品」，有時也兼顧一些當年在文壇引起爭議的「文學現象」。「94—95」和「96—97」（即《輸水管森林》）兩個選本出版後居然銷得不錯，數月內就重印，出版社也有些意外。

這以後我回上海、北京就留心各書店，發現香港小說其實不少，但大都是從金庸、亦舒到黃易、梁鳳儀（最近還有李碧華、張小嫻）的暢銷作品，或者是一些「南來作家」批判香港資本主義罪惡的通俗小說（這些小說在香港很難出版，讀者也不多）。真正體現香港「純文學」追求的如西西、崑南、也斯等人的小說卻很少出版介紹。於是就將我的選本序言在北京的《讀書》和《文藝報》上發表，並希望能出簡體字版。

感謝陳保平與上海文藝諸位同事的眼光和魄力，不僅將香港小說選擴展成了今日的「三城記小說系列」，而且更重要的是請到王安憶和王德威來主編上海、台北兩卷，一下子將小說選提到了另一個層面。當然，「雙城記」的概念最初由李歐梵教授提出，他對上海與香港文化關係的研究，顯然是一個極重要的啟發。

結構主義認為，1+1 不僅僅等於 2，1+1+1 更遠大於 3。每個選本可能只記錄一時一地的小說近況，放在一起閱讀，可談的話題就多了。無論是當代中文文學在不同空間時段的技術實驗語言探索，還是幾個最重要華文都市之現代性形態差異，或者各自的性別書寫走向，以及台北、香港、上海截然不同的歷史承載形式與鄉土符號意義，等等，都很值得探討研究。事實上，「三城記小說系列」第一輯出版以後也有很多書評，讀後很有收穫。《讀書》2002 年第 3 期的「編輯手記」引用了劉劍梅的一段話來概括這三本城市小說選的共同特點：「無論是『華麗的』台北，還是『健忘的』香港，還是『樸素的』上海，都一致地對當代都市文明的貧乏提出質疑，一致地抵抗『通屬城市』裏的『通屬景觀』，不約而同地以悲天憐人的廢墟意識來拒絕全球化的進程，都一致努力地在都市文化生活與心靈狀態中尋找獨特的地域意識與文化記憶。」聽評論家這麼一說，我再讀《第凡內早餐》《女友間》和《輸水管森林》，覺得這三個城市在外表上（大廈風景、傳媒用語、名牌時尚、酒巴氣氛……）越來越相似，但從文藝小說看，三個城市的內在精神狀態的確是那麼的不同。值得思考。

不過我之前在編「香港卷」時並沒有「三城記」的概念。我想今後我繼續編選第二、三輯時也不會特別去考慮其他兩個城市的文學情況（三位編者都認為第二輯比第一輯更好）。也許編者在編選過程中越是「自顧自」，「三城記」在旁人讀來才越有意思。我甚至也不怎麼在乎香港小說是否「表現香港」，唯一重要的，是小說怎麼寫。很多學者說，九十年代以來，小說已不再重要。從社會轉型看，也許他們說得對。但我是讀小說的人，對我說來，小說（主要是小說的寫法，不是小說的意義），始終是最重要的。對我來說，小說不是工具，小說就是目的。

二、關於「上海文學」

我在不止一篇文章中（比如：〈假如沒有「五四」〉，《明報月刊》1999 年第 5 期）曾經試圖大膽概括「五四」以來現代中文文學的幾條發展線索：一條主線是從陳獨秀編《新青年》、魯迅寫《吶喊》，到茅盾、丁玲、巴金、夏衍、沙汀、艾青等左聯作家，經過抗日救亡與延安的轉折，發展為後來的作協文聯，一直到之後張承志的「以筆為旗」……相信文學應該喚醒民眾、療救社會，是這些「主流作家」對「五四」文學傳統的基本詮釋。另一條發展線索從胡適、周作人及魯迅的《野草》開始，經過郁達夫、聞一多、徐志摩、沈從文、老舍、施蟄存、梁實秋、林語堂、豐子愷、傅雷等很多作家合力維護，堅守藝術本分、堅持文人道德的傳統延續至今。這種「自己的園地」與啟蒙救世吶喊雖常常對立，很多作家難免要在這兩種傾向之間作「艱難的選擇」，但其實這兩類作家也有相同之處：都是「職業文學工作者」，或在大學教書，都是高調知識分子，共同創建和維護「五四」比較歐化的現代漢語語言現實。相比之下，「第三條線索」卻以報人「傳媒寫作人」為主：從包天笑、周瘦鵑、秦瘦鷗、張恨水，一直到金庸、三蘇、李碧華……鴛鴦蝴蝶派及武俠科幻當代言情小說在文學史上擁有着二十世紀大多數識字的中文讀者，而且也在文學語言及藝術功能兩方面構成了對「五四」文學主流的補充與挑戰。在某種意義上，張恨水、李碧華才真正做到毛澤東所謂「人民大眾喜聞樂見」，金庸小說不就是「先普及」（連載、暢銷、盜版）「後提高」（近年來迅速成為大學研討會及研究生的課題）嗎？只有和「救世責任」「文人格調」聯繫起來，「大眾口味」才能顯示其文學史意義。

如果考慮上世紀的後五十年兩岸三地文學的各自發展，則上述三條線索還不能概括整個現代中文文學的發展。張愛玲像她所欣賞的張恨水一樣不避通俗，但她筆下的「市民生活」性質完全不同：因為有了現代主義（自覺的「東方主義」）視野和不自覺的女性主義角度，她將張恨水的章回語言變成對「五四」主流的有意反撥，將文人立場藝術尊嚴和大眾品味市民趣味線索交織在一起。後來很多既不滿「五四」傳統又關注「五四」課題的作家，都在張愛玲那裏看到了某種新的可能性，從張愛玲到白先勇，到蘇偉貞、李昂、朱天文，到西西、鍾曉陽，到王安憶、賈平凹、蘇童……

上面這些意見我在別處也說過，今天再回顧一遍是為了說明所謂「上海文學」的背景：啟蒙救世、鴛鴦蝴蝶及新感覺都市文學等三個脈絡都和上海直接有關。有趣的是，雖然大半部中國現代文學史都發生在上海，但是文學史上並沒有「上海文學」這個概念。一些明明在上海發源、發展的文學現象，如「五四新文學」「左聯文學」「孤島文學」等，都不會歸納為「上海文學」。甚至「海派文學」，泛指某種風格、作派、文化傾向，好像也超出「上海文學」的定義範疇。

關鍵是「上海文學」的定義。如果像界定「香港文學」一樣，將「上海文學」理解為「上海作家（或長期生活在上海的作家）在上海寫作或在上海發表出版的文學」，顯然，人們會懷疑在上海及租界的居住權、身份證是否真的如此重要。（其實 1949 年前香港作家的身份也很難確定。）沒有人討論上海文學，可能正是因為「上海文學」從來就是中國現代文學主流的一個重要部分，從來就是中國「現代性」意識形態的主要生產基地之一。從王安憶編選的《女友間》看，上海小說的很多特點（左聯遺風、尋根筆法、小市民的現代化夢、敍述主體從不自我懷疑，等）也都與中國內地當代小說的基本特點相聯繫（雖然王安憶是內地少有的以寫都市獲「茅盾文學獎」的作家）。

1949 年以後，在上海發源、發展的上述三條現代文學線索基本上只有憂國救世傳統在表面上制度化，而鴛鴦蝴蝶派則被新文學「打敗」，與印刷中心的地位一起被驅逐到香港，張愛玲式的現代主義都市文學也花開海上結果海外。但「上海文學」從來都不甘心在權力北上的國家文學體制中擔任一個純粹的地方角色。中央的作協文聯制度在人事與理念兩方面都與上海左翼文學有重要淵源。五、六十年代上海對主流意識形態的諸多貢獻姑且不論。僅在文革後，僅以一本作協刊物《上海文學》為例，其特點與長處就不是體現上海地方色彩或海派文風，而是在中國當代文藝思潮論爭中爭當先鋒甚至爭奪話語主導權。九十年代雖然上海在經濟改革方面頗為「西化」，但一旦發現北京出現文學商業化世俗化的傾向，有放棄戰鬥傳統的苗頭跡象，上海學者立刻表現出要繼承發揚「五四」啟蒙救世「人文精神」的姿態（海派好像在任何一個歷史階段都比較「左」一點，與時俱進）。

還有一點少有人討論，那就是據我不太完整的觀察，1949 年以後的「上海作家」(在上海居住、寫作的作家)，相當大部分家庭背景是南下進城幹部，其母語乃至文化背景都以普通話為主，對上海本土文化及小市民生活世界一般都有一個超越、旁觀、同情、批判和解救的立場。真正上海本土出身以滬語為母語的作家不多。這個現象有很複雜的成因，包括國家意識形態在出版工業及語言政策上的運作，包括「五四」知識分子價值觀對上海市民文化的改造，也包括翻譯文學對當代中文寫作在語言層面上的影響，等等。很多問題，恐怕要和「香港文學」的情況互為鏡相，才可以看得更清楚些。王安憶編的選本有意無意地打破了目前流行的「上海想像」，與台灣、香港及海外很多同行及讀者對九十年代上海的「期待視野」很不一樣，其實卻正正顯示了「上海神話」的很多內在矛盾與張力。

三、關於「香港文學」

香港文學出現了幾十年後，「香港文學」這個概念才在八十年代開始引人注目並導致很多爭議。在界定香港小說時，我們不得不考慮「香港身份」「香港寫作」與「香港出版」(即香港讀者市場)諸多因素，而且其中「香港身份」是最關鍵的因素。「香港文學」之所以成為話題，看來是和身份認同的覺醒與危機有關(這大概也是「上海文學」至今不受重視的原因之一)。

三十年代香港新文學與上海《現代》雜誌關係密切。抗戰前後南來文人也曾將救世戰鬥文風帶到香港。但我以為香港文學真正確立自己的位置與路向還是五十年代以後。上述現代文學「四條線索」當時除了在北京、上海佔統治地位並形成制度的左翼傳統外，其餘三種文學傾向全都轉移飄零到香港。侶倫的新文學夥伴黃天石、張吻冰、岑卓雲等變成了流行作家傑克、望雲、平可，內地小說史對此多有批評，鄭樹森、黃繼持與盧瑋鑾則認為是南來文人壓迫本土新文學的結果。其實傑克、三蘇等人的通俗寫作，其文學史意義並不在《窮巷》或「綠背文學」之下。周瘦鵑、張恨水傳統經過三蘇、梁羽生、金庸的發揚光大，應該可以不必太自慚形穢。而京派文人堅持的「自己的園地」，也經過梁實秋《雅舍小品》的中介，一直延續到「王綱解紐」專欄繁榮的香港散文。張愛玲對香港純文學的影響，更不難從以都市安身立命、現代主義與傳統小說語言結合以及注重市民趣味等方面詳細梳理。有意思的不僅是五十年前三條文學脈絡斷線流落香江，更在於張恨水（金庸）、梁實秋（余光中）與張愛玲（白先勇等）在世紀末重回上海乃至中原開出一片「新天地」。

如果對比「上海文學」，香港文學最重要的特點，一是無意（無法？）介入體制上的意識形態運作，對政策法令教育制度影響不大，作家也不能進入公務員體制；二是沒有經過「五四」反禮教運動，保留較多傳統的民間的生態心態；三是更多方言口語的制約影響。

將香港文學上述三個特點倒過來看，似乎恰中「上海文學」的若干問題：過於投身主流意識形態建設改革而輕視流行娛樂文學；對傳統文化和民間地方藝術不夠重視；方言滬語很難入文，等等。這些「上海文學」的問題，和上面談及的很多上海作家的母語背景、幹部體制身份與翻譯腔影響一樣，有些是關於「上海」（社會政治改造）的問題，有些是關於「文學」（語言文化條件）的問題。後者是我們關心的重點。

簡而言之，香港文學多「流言」少「吶喊」（不是沒有，而是沒人聽）；上海的文學則是太重「吶喊」太輕「流言」。

但近年來很多香港作家有意無意以強調本土化來抵抗新舊外來文

化壓力，香港文學使命感的意識形態功能（「失城文學」等）似乎又與「五四」憂國救世傳統在方法精神上不無相通。幸與不幸，卻很難說。

上海文學（及上海文化）以「洋」（國際化）為榮，試圖以荒誕技巧意象或歌劇院摩天樓咖啡館來擔當中國「現代化想像」的文化先鋒；而香港文學（及香港文化），則以「俗」（本土化）自衛，希望以童稚或「無厘頭」手法以及大戲、盆菜、跑馬地、電車風景、FAX意象等來維繫「我城」的邊緣文化身份。簡單說，一是「崇雅」，一是「扮俗」——兩種文學姿態與文化策略之間的異同，頗耐人尋味。

香港主流文化如何形成「以通俗、娛樂為榮」的基本特點，其過程與原因頗複雜。（君不見我們的文學節研討會不就是由「康樂及文化事務署」主辦的嗎？）重要的原因之一，應是在英語精英文化前維持大多數粵語人口的文化自信心，以及抵抗中國革命意識形態，保留傳統民俗文化和維護市民生活價值。但香港的純文學除了也要抗衡上述兩重文化影響以外，更要協調與通俗、娛樂的香港主流文化（甚至是主流意識形態）之關係。從六十年代劉以鬯《酒徒》中憤世「嫉俗」，到世紀末也斯〈後殖民食物與愛情〉的憤世「扮俗」，再到王家衛《2046》改造《酒徒》精神為憤世「寄俗」，這是香港文藝小說創作相當獨特的文化生存處境。

我在別的地方討論過香港九十年代的「失城文學」，這裏不再重複。簡而言之，從「香港意識」的角度來看香港小說的近況，可以說香港小說近年來進入了一個比較猶疑不定的時期。除了宣示「我們的城市」「我們的故事」「我們的小說」並呼喊「我們不是天使」，也必須思考我們究竟生活在甚麼樣的城市？我們已經說了哪些的故事和小說？我們不是天使，我們是甚麼？

這種對敘述主體的懷疑困惑，在香港（乃至台北）作家來說，是不得已的危機困境。然而，換一個角度看，復旦學者倪偉在評論「三城記」時卻很看重這種敘述主體的自我懷疑：「主體的分裂使敘述的推進變得異常的凝重而艱難，卻也蘊含着自我治癒的契機，在主體的自我凝視下，個體自我向歷史敞開，在反思、質疑、探詢之中努力重新確立主體的位置。這種捫心自省的敘述方式是何等深切啊！反觀內地作家的作品，我們卻發現其中的敘述主體幾乎總是巍然不動的，他們或是高踞於文本之外的冷眼旁觀者，或是沉浸在個人哀樂之中的自戀狂，那樣的敘述文本自然是封閉的，無力展現歷史和現實之間的多種複雜性。」[2]

上海學者這種藉香港、台灣小說反省上海文學的看法，也提示我們可以換一個角度看「香港文學」。或者將幾個都市的小說「並置」起來讀，有可能讀出一些新的東西。這亦正是我們坐在這裏的原因吧。

寫於 2002 年 6 月 15 日

本文收入《第四屆香港文學節論稿匯編》（香港：香港藝術發展局，2003）。

1 上海文藝出版社籌劃的「三城記小說系列」第一輯三本《女友間》（上海卷 1996—1997，王安憶主編）、《第凡內早餐》（台北卷 1996—1997，王德威主編）及《輸水管森林》（香港卷 1996—1997，許子東主編）已於 2001 年 7 月出版。第二輯即將在 2002 年夏出版。

2 《讀書》2002 年第 3 期，頁 6。

海上文學百家

《海上文學百家文庫》（上海作協主編，上海文藝出版社出版），如此規模，這般速度，相信香港和其他城市文學界的同行看了會很羨慕和感慨。香港的經濟實力應該不在上海之下，討論如何編文學史和文學大系已經多年，今年香港藝術發展局（政府向文化界撥款資助的專門機構）還在招標組織編《香港新文學大系 1949 以前》，我也被邀參加。我過去也編過香港的短篇小說選，深知這類工程會面臨很多技術乃至人事、政治上的困難，所以不得不佩服中國當代文學所擁有的「社會主義優越性」。

問題是編這套書，怎麼定義「海上作家」？編香港小說選時我們考慮四個因素：第一是否在香港寫作；第二是否在香港發表，就是說香港有讀者；第三是不是寫香港；第四是不是香港人。

我接手主編「香港小說選」的時候把第三項寫香港去掉，《鹿鼎記》不是寫香港，當然還是香港文學。所以寫不寫香港不是必要條件。餘下三個條件，香港的情況是，在不在香港也並不是決定因素。因為很多人在加拿大寫作，比如說亦舒、戴天，在香港出書，但是人常住加拿大，鍾曉陽在澳大利亞。我們知道，〈再別康橋〉是在印度郵輪上寫的，都是中國現代文學。〈沉淪〉和巴金、老舍的早期小說都在海外寫。所以在甚麼地方寫不構成界定這個作家的必要條件。在甚麼地方發表，西西、董啟章大部分作品都在台灣出版，仍是香港作家。所以到了後來我發現香港是這樣，在哪裏寫在哪裏發表及是否香港人，三個條件裏面必須符合兩個，可以歸納成香港作家。而這兩個不是任意歸納，香港人身份才是必需條件。除非香港人在加拿大寫，又只在海外發表，那個不算。所以香港文學的界定是儘量地「推」。比方說余光中在香港很多年，也在香港發表，但是香港文學界的共識不把他視為香港作家。張愛玲住過香港，一輩子都在寫香港，香港文學界好像也不覺得她是香港作家。更不說在香港有寫作有發表還死在香港的蕭紅了。

相對來說，跟香港的儘量「推」，我覺得這套書上海是儘量「拉」，沈從文拉進來，很多很多各個方面的人拉進來。這個反映編書背後的基本動機，因為香港是要確立香港的本土意識，就是確定香港族羣的某一些精神特徵、身份認同。上海編這個文庫是想突出我們是文化大都會，擁有，或至少曾經擁有中國近現代文學的半壁河山。這方水土這麼好，不管是誰（真正上海籍貫的其實極少），在這裏做出來的成績都是上海這個文學城市的文化成就，這是《海上文學百家》的宗旨和定義。

文庫的特點之一是收集了不少鮮為人知的作家。比如葉小鳳、許傑、安蛾、潘柳黛、予且、施濟美等等。一些平日被文學史迴避或批判的作家如韓侍桁、章克標、姚篷子也被列入文庫（當然，姚篷子的兒子是否也是「海上文化」的重要參考資料，也值得日後考慮）。文庫從龔自珍、王韜、章太炎等人開始，不僅有魯迅、郭沫若、巴金、老舍、張愛玲等文學家，還包括朱東潤、劉大傑、傅雷、王元化等學者翻譯家。作家在世，概不入「庫」，和現在政界年齡劃線一刀切一樣，雖不完美，但不這樣做的麻煩更大。對比百年前王國維、梁啟超、胡適在上海，年份晚近的名字則有夏征農、杜宣、胡萬春等，也不免讓人對「海上文學」百年來的走勢，尤其是將來如何編「1949 以後」各卷，有點感慨和憂慮……

這套書編出來，一百三十卷，紙證如山，1949 年以前，在上海文學果然這麼輝煌。甚麼原因呢？香港是上海的一面鏡子，也可對比 1949 年以後的上海。當年在上海寫作非常不一樣。郁達夫當時要搬到杭州去，魯迅專門寫詩不讓他走，因為你離開了上海就是離開中國文學的中心，生活心態都會不同。雖然離這麼近，郁達夫到了杭州，蓋小樓，官員捧場，王映霞可借杭州市長的車……「詩人憎命達」，值得今天的文人作家學者反省。魯迅當時搬到某一個省城去，大概也會被尊為大師。所以當時在上海寫作和不在上海寫作是不一樣的。我現在回過來講這麼輝煌的時期，想回顧清末民國上海這個文學城市有甚麼特點，我自己簡單概括最大的好處有四個：

第一，是租界。上海魚龍混雜中西皆有，好玩兒，有活力，很重要一條是租界欺負中國人，同時也使中國知識分子暫時局部逃避中國政府的管治。跟香港的情況比較，香港是更大的租界。英國人對香港，當然已經跟印度不一樣，保留中文作康樂用途，但是官方語言還是英文，所以香港人很難用中文介入政治，香港新文學很少承擔意識形態功能（故通俗文學成為主流）。但在上海的租界所有人都關心中國的事情，用中文寫作，換句話說，是藉了這麼一個小的地方。作為一個作家，作為知識分子，批判當代政治，批判管治他的統治者的能力，和他的社會成就和文學成就基本上成正比。所以租界在某種程度上給相當一部分的中國作家和知識分子在上海批判中國政治的一些權利。

第二，還是租界。上海的租界不是某一個外國的租界，李歐梵《上海摩登》有一個歸納，在英國租界和法國租界是很不一樣的兩種文化，英國租界是銀行、洋行、跑馬廳和工部局，法租界是咖啡館、戲院、舞廳。香港則全部是英國文化，「跑馬文化」(金錢、法治、娛樂三合一)。而中國內地，後來接受文化的概念和革命的概念都是從法國文化概念過來的，我們從來都覺得銀行、跑馬，甚至巡捕房都是文化的反面。1949 以前的上海，兩者都有。所以上海既有施蟄存、穆時英的感官之作，遺風一直影響後來香港的現代主義都市經驗，上海也有魯迅、巴金的文化戰鬥精神。甚至在周揚、柯靈、夏衍等人身上，洋場西裝與左翼身份還可以統一，並不似後來在香港那樣視「南來」為老土，或如解放後，以為洋場必出惡少。外來文化的多元性，也是上海成為文學都會的重要原因。

第三個原因就是教育。上海有很多的大學，更重要的是，上海的學生、老師都是移民來的，換句話說，全國各地的精英聚集到上海。香港文化界及大學硬件很好，有一個困難就是生源，只面對六百萬人。因此我一直覺得香港通俗文化佔主流和教育程度有關，教育程度和社會文化機構不平衡有關。劍橋和哈佛生源是全世界的，北大和清華至少也是全國的。香港重視本土意識，不盲目認同中原。但是否有礙人才流動，有待反省。上海文化在三十年代是紅紅火火，和 1949 年以後的北京一樣，其實是匯聚了全國的人才。

第四條很簡單，上海當初有幾百家的出版社，還有報社。所有這些作家都是在民間出版，印刷工業都是民間的，1949 年以後所有這些民間的都變成了正式或者是非正式的官方，都變成了政府。我們今天看到，編大書，搞文化工程，就有優越性。

看着這套書，我就想起 1949 年以前有一些像社會混亂文學發達的晚明，我們今天有一些像社會繁榮學術發達的清代中葉：今天學術資助很多，文人埋頭編書整理資料。實在話，現在在北京、南方和上海這三個文化中心之中，我們上海的文化地位，我作為一個上海人來看，是否在相對下降？我希望這一套書是阻止我們往下走，而是走向復興。

但是對照《文庫》所展示的成績，我講一些稍微感性的話。我第一次到作協這個會議廳開會的時候，坐在這裏的有高曉聲、陸文夫，王元化講的一段話我印象很深。他說我們現在一揭露問題，上面就說九個指頭和一個指頭。好比一個病人到醫院看病，說我一個指頭壞了，醫生跟你說你還有九個指頭是好的（眾笑）。

我還記得王蒙跟茹志鵑說安憶的小說要多一點力度，茹志鵑就說，也在這個地方，當初姚文元也說我的小說〈百合花〉要多一些力度（眾大笑）。我也在西廳第一次見到阿城、黃子平、李陀，我們去杭州開會，徐俊西老師也在，還有李子雲。真不可思議，剛才我回憶的幾次在這個房間裏的談話至今已有三十年了。三十年是個甚麼概念：1918 年發表〈狂人日記〉到毛澤東登上天安門大約也就是三十年。

我的發言完了。

本文是在 2010 年 12 月上海作協「海上文學百家」研討會上的發言。原載《羊城晚報》2010 年 12 月 19 日、26 日。

附錄

現代文學中的上海、北京與香港

地　點：香港鳳凰衛視中文台第九十四期「世紀大講堂」

時　間：2002 年 11 月 9 日

主講人：許子東

主持人：阿憶

主持人：會當凌絕頂，一覽眾山小。圣凱諾・世紀大講堂。

在前年夏天的時候，上海文藝出版社的總編陳保平，還有上海作家王安憶，還有香港嶺南大學的副教授許子東，他們在一次閒談當中談到，為甚麼我們不出版一套書，把香港、台北、上海聯在一起，以它們為線索，讓我們的讀者去了解中國最燦爛的三個現代化大城市。那麼一年之後，《三城記》就問世了。隨着媒体的宣傳，《三城記》享譽全國，同時呢，還有一個概念進入到我們的心裏，那就是在小說中閱讀城市。現在我們就把叢書的三個動議人之一、嶺南大學的許子東教授，請到我們的現場，由他給我們帶來一次精彩的報告。但是這位許子東，是何許人也呢？我們先看一段小片子。

（許子東簡歷）

主持人：好，看完小片子，我們回到現場，我的問題從小片子裏得出。我知道您對女子是有研究的，而且在東京的時候，還在女子大學工作過，正好有一位網友，他提前迫不及待地讓我首先問您這個問題，不要放在節目快結束的時候，作為一般的網友問題提出，以便讓大家了解您的性情。這位網友是這麼說的，他說，早年看過您談「五四」文學中的三個愛情模式，研究愛情和女人。這三個愛情模式是甚麼呢？第一是書生拯救風塵女子，第二是書生創造新女性，第三是書生在純潔的女性面前淨化情慾。看過《鏘鏘三人行》的觀眾都知道，您好像除了很了解城市和城市文學以外，還非常了解城市的女性。是不是這樣？

許子東：還要繼續學習。

主持人：他除了讓您說這麼簡短的一句話以外，他還想讓您簡單地分析一下這三種類型到底怎麼回事？

許子東：等一下我講的內容會牽扯到。

主持人：哦，一會兒會有？

許子東：聯繫上下文，我再回答他。

主持人：那好，那這位網友你就不要太着急了，你想通過這個問題了解許教授的企圖，也沒有得逞。為了彌補這個沒有得逞的問題，我再問一些別的問題，讓大家了解您的性情。您看片子裏還介紹您務過農，您農活幹得好嗎？

許子東：挺好，我是生產隊副隊長。我的腰就是那個時候插秧插壞的。插秧是這樣，直下來這樣彎，腰不容易壞，插得好的人得往後蹲，特別酸，我插得好，在田裏開頭路。可是那個時候年少不知道保護腰，現在腰就不行了，不過我幹活幹得挺好。

主持人：務農把腰做壞了，那做甚麼軋鋼工人呢，又做壞了甚麼？

許子東：做軋鋼工人，有了氣喘病，因為特別冷特別熱，前面是火紅的鋼條，後面是巨大的鼓風機，不過學了很多東西。我就沒當兵，其他差不多都幹過，當然領導幹部也沒做過。

主持人：總之，做農活是傷了腰，然後做工人是傷了肺，是吧？

許子東：氣管。

主持人：傷了氣管，肺的前提。後來做學者呢？

許子東：做學者就傷了靈魂。

主持人：啊，那怎麼辦呢？接下來，咱們就由這位靈魂受到傷害的許子東教授，給我們帶來精彩的講演報告，講演報告的名字是「文學中的上海、北京與香港」。有請。

許子東：研究城市呢，有三種方法。一種是社會學的，就是從文學去看社會的發展，我最近有個學生就是研究從老舍到王朔的語言變化，背後就看出北京城幾十年的歷史。第二種，是從風格流派，文學史角度去研究文學。北京有個學者吳福輝研究海派文學，他就是用這個方法。第三種方法呢，現在叫文化研究，現在最流行的，那就是把所有城市裏，你看到的文學作品，廣告、櫥窗、電視畫面，包括我們阿憶先生的衣服、話筒這些所有東西，都看做一個文本，有人研究電話簿，有人研究自動電梯，還有哈佛教授研究美國很多食街，大家知道，食品廣場的那些不同分店不同國家的名稱，合成一種想像的世界。現在研究比較好的是李歐梵教授的《上海摩登》，就是這樣做，這個是後現代的研究。

那麼我的方法是第二種，我從一些舊文，就是從你剛才提到的問題這個地方開始講起，但是我倒過來，我不是從城市的生態講到作家心態，我是從作品文本倒過去講城市的生態。這是我的方法。

討論文學跟城市關係的時候，比如我們討論京派和海派的時候，三個因素是一定要考慮的。第一，這個人是不是在這個城市生活，在這個城市寫作；第二，他是不是描寫這個城市；第三，他是不是在這個城市發表，是不是在這個城市出版，換句話說，他是不是在這個城市擁有固定的讀者。可是實際上文學史的情況比較複雜，我舉幾個作品為例。曹禺的《日出》大家都看過，《日出》是被認為是寫上海十里洋場的很典型的一個戲劇，可是曹禺寫的時候，人在北京、天津，他不是上海人，他只去過上海，1934 年的時候，去過一個禮拜，四馬路轉了一轉。大家知道，四馬路以書店跟妓院著名，對文學跟女人有研究的人，就去那個地方。他去了以後，又受到阮玲玉事件的刺激，這個作品在上海發表，在上海演，可是他後來在京派《大公報》得獎，所以他算是海派還是京派呢？這是第一個。

第二個作品，我不知道你們看過沒有，就是《啼笑因緣》，張恨水的。你們通俗小說這麼（喜歡）看的，可是這是個非常重要的鴛鴦蝴蝶派的作品。他怎麼寫的，寫的時候，張恨水在北京，這也是為甚麼要討論北京，這是寫北京的故事，《啼笑因緣》的故事發生在北京，可是他怎麼寫的，他是上海新聞報的主編嚴獨鶴到北京來約稿，我一會兒會講，約他替上海的讀者寫，換句話說，他是在北京寫北京，但是寫給上海人看。

第三部作品，我想同學們大概也知道，張愛玲的〈第一爐香〉，〈第一爐香〉寫哪裏啊？寫香港。對不對？現在被認為是香港文學的經典作品，可是她在哪裏寫的呢？在上海寫的，而且她說明了我是用上海人的觀點去寫，我是為上海人寫作。

所以，我舉現代文學史上這幾個例子，你們可以看到情況很複雜，就是在哪裏寫，寫哪個城市，為哪個城市寫，中間的關係會非常複雜。妙的是，這三部很典型的都跟上海有關係的作品，其實講的同一個故事，講一個甚麼故事啊？講一個女人，在城市裏墮落。女人在城市裏墮落，是城市文學的一個，我不能說永恆的主題，至少到目前為止，是一個非常非常常見的主題，原因是甚麼？我們等一下再討論。可是這三部作品的寫法很不一樣。

大家記得《日出》，陳白露一出來已經墮落了，住在酒店裏，穿豪華衣服，有幾個有錢的男人養她，方達生這個知識分子跑去要救她，她就說，你能救我嗎？接下去，如果我們說，這個女人的墮落有一個過程的話，那麼在《日出》裏邊，這個前面的因是淡的，虛寫的，我們只知道她是甚麼女校畢業，做過紅舞女，做過影星，家庭出身很好，簡單的幾句話。但是我們看到她，一步一步，最後，大家記得，拿着藥片，這麼年輕，這麼美麗，外面號子一響，日出，太陽出來了，可是太陽不是我們的，自殺了，這是她墮落的結果。

《啼笑因緣》既有鳳喜前面墮落的經過，又有她後面墮落的後果，跟《日出》就很不一樣了。《日出》因為他這樣寫的話，大家知道，《日出》為甚麼要這樣寫，為甚麼要強調後果？《日出》沒有交代我們陳白露當時從一個學生，變為一個交際花，她自己有沒有選擇的權利？沒有回答。所以呢，曹禺很同情這個女主人公，因此怎麼來證明她的良心善良呢，就是看窗外，外面結冰了，有一點冰花。「方達生，你看，有冰花」，這就證明一個人是善良的了。

《啼笑因緣》的主角是一個唱大鼓的鳳喜，大家記得男主人公是一個書生，書生給了她一些錢，把她救出來，可是她碰上了一個更有錢的軍閥，那個軍閥用了各種方法把她弄去，最後有一天，有一個關鍵的時候，那個軍閥是比現在的很多人包二奶的要好多了，他居然跪下來，把存折拿在手上，我要娶你，這是今天很多「金絲雀」想追求都追求不到的這種待遇。大家明白這當然是一個墮落的關鍵，可是張恨水很有趣，就在那個瞬間，她的窗外，居然有幾個會武功的人等着救她，就是關秀姑，就是樊家樹的另外一個女朋友，他們等着，說萬一他要對她怎麼樣，我們會進去救她。當然鳳喜不知道外面有人救她。為甚麼要安排這麼一個情節？就是說，女主人公她的墮落是自己選擇的，她沒有到了完全走投無路的地步，因此她後面就要付出代價。她後來就發瘋，結局就很慘。張恨水說的，我不要讓她死，死是太重了，她不過就是貪圖虛榮。但是發瘋是要發的，要不然我不是教人以偷嗎？你看，這個通俗小說既滿足一般民眾的白日夢，貧窮女子突然富貴，但同時又勸善懲惡。這是從《三言二拍》以來，所有通俗小說的基本模式，張恨水把握得很好。

第三部作品就是〈第一爐香〉。非常有意思，〈第一爐香〉的結尾，大家記得嗎，在灣仔，已經墮落的葛薇龍看到街邊有妓女，人家有外國的水手向她丟花，還是不知道丟甚麼東西，旁邊的喬琪喬，就是對她很不好的丈夫，說哎呀，他們把你當作街邊的流鶯了。葛薇龍回答，我跟她們有甚麼區別呢？不過她們是被迫，我是自願的。接下來有一段張愛玲非常妙的意象描寫。喬琪喬不說話了，一邊開車一邊抽煙，煙頭在黑暗中閃了幾下，然後就熄滅，短暫的一個燦爛。我一直覺得〈第一爐香〉好像《日出》的前半部，《日出》是〈第一爐香〉的後半部。〈第一爐香〉不是寫她墮落的結果，墮落以後不寫了，將來的慘況不寫了，可是它告訴我們，她在墮落之前是怎麼樣一回事，就是一個普通人，怎麼從合理的虛榮，一步步走向一個荒唐的墮落。故事情節我不想多敘述，我只想強調有四次選擇。

第一次選擇，她一到香港半山找到她的姑母，一看覺得姑母的生活方式就不對，回頭一看就覺得她姑母的家像半山的一個墳，可是她還是去了。在座的同學我想問一下，如果你們突然到了舊金山，找到一個有錢的姑母，她能夠資助你在斯坦福或者加州大學伯克萊分校讀書，她願意資助。可是你一去她家，她家裏太豪華了，全部是 Versace，整個生活方式有一點問題。哦，我沒說 Versace 有問題啊，大家不要誤解。然後，多少同學說這個資助我不要了，我回北京？多少同學馬上回來的，舉手。一個都沒有嗎？

主持人：有一個在扶眼鏡。

許子東：那也太……，稍微有一兩個表示一下。

許子東：可是她很快就發現一個問題了。那姑媽很好，給她準備了一間很好、很漂亮的房間。大家要記得小說的話，她打開衣櫥是怎麼樣？甚麼衣服都有。她一件一件地試啊，一件一件試，試完以後，她咣當一下坐在牀上說，這不等於長三堂子進一個人嘛？大家知道甚麼叫長三堂子？那是上海的高級妓院，那是非常高級，她明知道等於長三堂子。可她晚上做了一個夢，夢到衣服全繞住她。第二天早晨，她決定不走了，看看再說。要是你們也碰到這樣的情況，也發現有這麼多衣服，晚裝、比基尼甚麼都有，發現你的處境有點類似於某種夜總會的角色，多少同學這個時候回來了？

主持人：這次舉手人多了，還有好多男同學也舉手了。

許子東：男生是這樣，男生肯定舉手，因為他們聽到衣服本來就沒興趣。男生你想一想，人家送你一 Jaguar，送你一法拉利，就是那種很時髦的，哦，寶馬，送你一寶馬，兩個門的，白色的，在外面，回來不回來？

觀眾：不回來。

許子東：哎，這些男生，你看，變節快吧？剛才很多男生舉手，一聽說寶馬（就不回來）。不過女生有三分之一回來了，我剛才大概估計一下。可是那個主人公很不幸，她沒回來，她沒從香港回上海。接下來，第三次選擇，要是你們記得，小說寫得真精彩，一個暴風雨的晚上，在一輛車裏，有一個叫司徒喬的老頭，那個老頭就送了一手鐲給她的姑媽，送完以後，在談話間不提防的時候，「啪」一下，在葛薇龍手上也套上了一個。很貴的，這一套上，她當時就說像手銬一樣，這一套上，葛薇龍就知道，她的培訓期完了，接下來就要工作了。這個時候，接下來她就開始跟喬琪喬談戀愛。這個時候多少同學回來的？就是有人突然把這樣貴重的禮物送給你，而且你發現你是要付出代價了，這個時候有多少同學回來？差不多一半。

主持人：哎唷，還有另外一半怎麼辦？

許子東：還有另外一半就到第四次選擇。所以說，小說好在哪裏，她就是把很多普通的，就是我們都有的虛榮，一步一步很合理地推向……大家知道，後來發生甚麼？後來她跟喬琪喬談戀愛，她喜歡喬琪喬，可是喬琪喬馬上就跟下面的侍女調情，她要在喬琪喬的眼睛裏看出他是否愛她，可是她看到喬琪喬戴的是太陽眼鏡，在他的墨鏡裏，葛薇龍看到自己縮小的身影。大家看看張愛玲的這種意象，既是寫實的，又是象徵的。

接下來，她應該走了，可是她突然生病了，生完病以後，她說她可能這個病是有意生的。最後那一段，大家應該記得非常清楚，那一段寫得非常妙，喬琪喬開着車，她在路邊走，喬琪喬在路邊給她賠不是，她不理，她責怪他，然後她一個人往前走，她以為喬琪喬會跟上來。喬琪喬把手趴在方向盤上，男人這一招很厲害，趴在方向盤上也不說話，也不跟上來，然後葛薇龍回來一看，只覺得整個背景像一張圖片，甚麼是真甚麼是假，這個就是她一貫的邏輯。以後七巧也有類似的猶豫，白流蘇也有類似的猶豫，愛就是這樣，甚麼是真甚麼是假，最後結局大家都知道，她幫男人找錢，幫姑媽找男人，大概是這樣吧，反正就是墮落。

三部小說同一個故事，一個是戲劇，兩個小說，同一個故事，都市的故事，分別發生在香港、北京、上海，可是三種不同寫法，產生了三種不同的意義。《日出》的寫法是憂國憂民，批判社會，正因為女主人公是無辜的，值得同情的，所以整個悲劇是誰的錯？社會的錯，萬惡的大上海，十里洋場。整個《日出》你可以說他是用左派意識形態階級分析的方法，批判上海十里洋場，對不對，各色人等，胡四、顧八奶奶、銀行家，背後有個金八，下面有自殺的銀行職工，整個中國社會各階級分析，一個文學版的社會各階級分析。可是曹禺不單單只是從階級分析角度寫，他有一個站在北方中原大地鄉土角度批判上海的立場，這個立場，就要靠第三幕來實現，就要靠有一顆金子一樣的心的翠喜來實現。所以，同樣描寫上海，《日出》是一個京派的戲。

雖然《啼笑因緣》寫在北京，又寫北京，可是它卻是一個典型的上海市民的白日夢。裏邊有三個人，當初嚴獨鶴去約稿的時候，就說，第一，上海人要看武俠，所以有了關秀姑。第二，當時有一個唱戲的高翠蘭被一個軍閥旅長搶走，張恨水有點同情，又覺得這個事情有蹊蹺，所以編出一個鳳喜。可是裏邊最妙的，還有一個叫何麗娜。她長得跟鳳喜一樣，美貌又虛榮，可是她有錢，她買花就買很多，還會跳舞，可是她後來全改好了，她對着那個書生百依百順。為甚麼？因為這個小說後來在上海連載，每寫一天，那邊很多人排隊在等，所以那個作品是上海小市民跟張恨水共同創造的。我一直在想，如果這個小說是在北京連載的話，最後那個男主角可能就選關秀姑了。北方俠義，這個女的也漂亮，對不對？可是上海人他怕，有一個會武功的女朋友在旁邊，他怕啊，鳳喜又太賤，怎麼着呢，他們就想像出，哪有這個可能，一個買花買幾千塊的女的，居然後來都住到西山去，為他清心寡慾，那就完全滿足上海小市民的慾望，所以這真是一個通俗文本。

當然，張愛玲就很不以為然，張愛玲她不是為了滿足人的夢，她是打破我們的夢的。所以呢，她是第三種。當然還有一個不同的地方，我想特別指出，大家注意沒有，前面兩個戲，都是女的墮落，都有一個男的在旁邊痛苦觀看，這個男的是最讓作者投入的。張愛玲不是，張愛玲從女的角度去寫，對不對？這是另外一個不同。

接下去，我們就要把話題往大的地方引申了。嚴格說這是三種廣義的海派文學。《日出》是「上海批判」，《啼笑因緣》是「上海趣味」，或者說上海夢。張愛玲這個我想不出名堂，我只能叫它「上海解析」。其實這裏邊有點玩弄文字，解析跟批判跟夢界線都很微妙，三部作品大家看到其中的區別。第一種的特點是批判城市，但是背靠鄉土。中國現代文學裏邊，寫上海的，甚至最熱愛上海的像〈上海的狐步舞〉，穆時英的，這種作品都說「上海是造在地獄上的天堂」，都是持批判態度的。所以這種對上海的批判是階級論和鄉土論的結合。那張恨水當然就是大部分民國讀書人口的閱讀需要。張愛玲她自己基本上是都市人，是某種都市文化的自審、自嘲、自戀，跟自我解嘲。

我們再放到現代文學史上去看這三部作品，看海派文學。簡單地說，現代文學史的書寫，從五十年代到現在大概有這麼三個階段。第一個階段是從王瑤寫最早的現代文學史，差不多四十年代末到「文革」，這個階段有劉綬松、張畢來、唐弢、嚴家炎、樊駿很多人寫，你們前些年讀的基本教材都是這些。這些文學史為甚麼寫呢？就是因為它在，大家知道，建國以後，毛主席說，兩條戰線作戰，一條是軍事戰線，一條是文化戰線，功勞不得了，那我們要總結文化戰線。

八十年代情況變了，「文革」教訓出來了，文學不能那麼為政治服務，所以那個時候的現代文學史，大家就正好相反，前面是找為政治服務的作家，八十年代以後大家就特別去尋找不那麼為政治服務的作家，就是忠於藝術、忠於個性的作家。

九十年代呢，現代文學史出現兩個新問題，第一個是怎麼回答全國那麼多人看金庸。記得那時候，有一個後來還受批判的報告文學作家，他到上海開會，他發言的時候說，我到處在上海的弄堂走，到處聽到《霍元甲》的主題歌，我心痛。我說你幹甚麼心痛，他說我們革命這麼多年，我們革命文學這麼多年，難道人民羣眾喜聞樂見的就是這個嗎？因為革命文學從「講話」以來，大家就追求一條：就是我們要寫得好，同時要有越多的人看。幾十年以後，他們發現，在座那麼多的人，我不知道你們多少人看金庸、古龍、李碧華等等，國內現在有池莉、王朔等等。這麼一股強大的這種文學現象放回來，使得我們必須重新回頭看鴛鴦蝴蝶派，重新回頭看張恨水。

另外還有一個情況，現代文學史本來是寫到 1949 年的，寫到 1949 年，張愛玲跟錢鍾書只是現代文學史尾段的小小異數，可是問題是，現在我們把視線一拉開，哦，不是 1949 年，有二十世紀中國文學這一說，黃子平他們提出這個概念，一考慮後五十年，張愛玲就不只是一個異數了，我們現在馬上就發現，後面有白先勇、有鍾曉陽、有王安憶、有蘇童、有朱天文、有一大堆都市文學的發展脈絡。張愛玲這個傳統，就變成要重新看待了。在這個意義上，我們發現原來講的海派的傳統，就出現了幾重多義性。

所以，後五十年的，尤其是把海外中國文學的版圖一變化，整個中國文學的大的二十世紀的文學線索就發生了變化。不過我說這個話，我知道肯定有聽眾已經不同意，特別知識分子，國內的有些知識分子對近年的張愛玲熱其實是有一點反感，為甚麼？他們覺得第一俗，覺得張愛玲俗，這個我等一下要講的，其實不是。第二就是他們覺得有意識形態背景，就是覺得以前踩這些作家有意識形態，現在抬他們也有意識形態。那客觀來說，張愛玲，她的作品，這就回到剛才阿憶問的這個問題了，她到底有些甚麼特別的地方？我想講三點。我儘量講得簡單。

第一，她的意象，她的寫法，是以實寫虛的。我舉幾個例子會比較清楚。現代作家意象用得最好的，三個作家，一是魯迅，魯迅的意象是一針見血，結構性的，比方〈藥〉，大家想一想這個〈藥〉，看完作品以後，越琢磨越覺得這個藥字意味深長。還有比方像〈祝福〉，他結尾的時候，這樣悲慘的情況，他來祝福。還有比方說〈阿 Q 正傳〉，你們知道那個 Q，一個尾巴，一個辮子，沒眼睛，沒嘴巴，這是周作人的解讀。那另外呢，除了魯迅以外，錢鍾書跟張愛玲的意象文字，都是非常了不起的，但是他們兩個人的方法很不一樣，次序相反。我讀一段文字，因為我這個人不能抽象講理論，一定要講文本。

錢鍾書說，「沈太太的嘴唇塗的胭脂給唾沫帶進了嘴，把暗黃崎嶇的牙齒染道紅印，血淋淋的像偵探小說裏謀殺案的線索……」張愛玲怎麼寫？〈色，戒〉裏，「她又看了看錶。一種失敗的預感，像絲襪上的一道裂痕，陰涼地在腿肚子上悄悄往上爬」。

大家看到她的這個意象沒有，他們兩個人是倒過來的。張愛玲是把一種感覺，用一個物質的東西來形容，而錢鍾書是跟我們一般人的方向一樣的，是把一個現象，用一個外在抽象的東西（比喻），就是說，錢鍾書是用抽象形容具象，張愛玲是用具象形容抽象。歸根結柢，我看作家，說一句實話，甚麼時代、政治、思想，到後來我都不看，最重要是語言。要是他語言都不能抓住我的話，這個作家，經不起久看的，只能看一遍的。而張愛玲這個語言背後，當然分析原因，有很簡單的原因，比方說她家有錢，沒落貴族，她真的喜歡很多實物，她真的有這麼多東西，一個青瓷杯，甚麼銀碗，甚麼首飾，她都有。

但是第二個才是很重要的原因，張愛玲說過一句話。我引這句話之前，我問問看你們，看看她說得準不準。在座多少同學，先在電影裏看到海，然後才看到真的海？

（觀眾舉手）

大部分。

在座多少同學先在電影裏看到 KISS，然後才自己 KISS？

（觀眾舉手）

比較少嘛。他們都全先自己 KISS 的，哦，厲害嘛。這兩句話都不是我說的，都是張愛玲說的。她說，這是都市人的特點。甚麼意思？就是都市人接觸這個世界，先是第二性的，物化的，然後才是世界自然的本原。所以都市人的感覺影響都市文學。這就牽扯到我們今天要講的正題上了，就是這三個城市文學的一些基本特點。當然，她從這一點出發，背後有很多可以引申：甚麼是真，甚麼是假，而且為甚麼世界是荒涼的，可是她還留戀華麗小東西。她在文學史上的突破，這只是第一個。

第二個，就是先前講的，「五四」的作家寫愛情，基本有一模式，這不是我研究的，別人研究的。就是男的去救一個風塵女子，或者男的自己有問題了，被風塵女子救。或者去創造一個女子（如茅盾〈創造〉）。一個特點是男的都是讀書人，基本上談戀愛的「五四」小說男主角，不能是有錢人，有錢人如《子夜》中吳蓀甫只會強姦女傭。你們有沒有看到資本家談戀愛，在現代文學裏？很少。工人也不行，工人、農民談起來，要麼就是吳媽我跟你睡覺，要麼就是〈春蠶〉多多頭在女人腿上捏一把。沒好好看到過勞工戀愛的，不多，談戀愛的全是讀書人。大家知道那都是讀書人寫的，其實不是這樣。各階層都談戀愛，「五四」文學就是這麼寫。而且那些男人都特別憂愁、特別多愁善感。但是重要的是，這些男的精神境界很豐富，可是女的都一個樣，就是玉潔冰清，都長得漂亮，我沒看到他們說長得特別不漂亮的，很少，而且都良心很好，雖然處境已經墮落了，可是心地是很純潔的。

張愛玲的〈傾城之戀〉，我第一次讀真不喜歡，我覺得很俗套的故事，後來才發現〈傾城之戀〉裏有雙重顛覆。我現在回答那位網友的問題了，顛覆在哪裏？顛覆在以前的愛情小說都是，一男一女好，然後有一個社會在反對他們，梁山伯、祝英台，羅密歐、朱麗葉，子君、涓生，郁達夫跟他的女主角，都是兩個人非常好，兩個人之間沒問題的，然後社會壓力、父母、環境，貼在玻璃窗上的塌鼻子、雪花膏們的，所有這些人反對，他們跟社會作戰。

到了〈傾城之戀〉你們發現有沒有人反對他們？戰爭發生在甚麼地方？兩人之間。從此，愛情故事變成了男女戰爭。今天你去看香港、台灣的小說，我們選的《三城記》裏面的愛情故事，哪談愛情啊，那都打仗，揣摩、猜測，你一句來，我一句去。有篇香港小說寫得非常好，一個男的是公司的經理，請下面一秘書下班坐他的車，前前後後坐了很多次，到最後手都沒碰過，可是前後的心理鬥爭寫得精彩絕倫、驚心動魄。從此，你們看到〈傾城之戀〉的顛覆作用。意象、都市性、愛情模式轉變，當然更重要是張愛玲作品背後的小市民史觀，誰說張愛玲不關心政治，她挑戰「五四」主流。傅雷當時就寫文章批評她，說她〈金鎖記〉好，其他的俗，她就寫了篇〈自己的文章〉來辯護。她說像魯迅那樣，你們這是超人的文學，可我寫的是常人，是「社會的婦人性」。

最後，我想跳到世紀末，跳到我們編的書裏。九十年代百位評論家選了十部最佳作品，王安憶、余華、史鐵生、張承志、張煒、賈平凹、余秋雨、韓少功、莫言、陳忠實，次序可能有錯。選出來了以後，大家發現了幾個問題。你們看看是否有問題。第一，王蒙、張潔、張賢亮這一代的人全沒了，我覺得不太公平，從中國現當代文學發展，一代一代這樣挑戰，我覺得不太公平。第二，九十年代新新人類全沒有，不要說新新人類，就是像朱文、韓東他們這一批也沒有。通俗作家一個都沒有，王朔、池莉全部沒有。第三，小說為主，只有余秋雨一個散文家，詩歌沒有。第四，男女比例失調，只有一個王安憶，九個男的，還全都是我們知青輩的，很多都是我朋友。第五，只有王安憶的《長恨歌》是寫都市。主流，今天中國的主流文學，是寫「北方大地」，包括很多得獎的。這是今天的情況。

我為了做這個講座，又把最近幾篇我認為最重要的作品，寫都市的，或者說廣義一點寫城鎮的也算，我把《廢都》也算進去了，《廢都》是寫中小城市。《長恨歌》《廢都》〈失城〉，還有朱天心的〈古都〉，放在一起讀，發現又都在講同一個故事，墮落的故事。而這次還不單是女人墮落了，不是說男人看着女人墮落了，這次有很多就是男人墮落，比如說《廢都》是寫男人墮落，對不對？肯定是了。〈失城〉呢，整個城市的墮落。《長恨歌》是甚麼墮落呢？很難講，表面上好像城市復興了，可是最後那個上海小姐被一個非常粗鄙的新興資產階級、暴發戶殺掉了，很多人解讀說王安憶這裏邊有一種預告，今天上海在「偽造」三十年代的上海，其實有很大的危險性，有人這樣來解讀。那我不一定同意那麼意識形態地來解讀。

那〈古都〉是寫台北，寫台北殘留日據時代的一些影子，寫得非常好，比較複雜，很難用一句話概括，推薦大家去看，但是是「墮落」。我看完以後就在想，怎麼回事呢？我們的城市是越來越漂亮了，阿憶，對不對，樓也越來越高了，人也越來越光鮮明亮了，設備越來越好了，我們的城市文明也一天天發展了，主旋律、副旋律、交響樂都很發達了。對不對？為甚麼這些作家筆下「墮落」卻成為都市文學一個揮之不去的主題呢？再講深一點，到底是「鄉土」的安身立命的價值觀立腳點，覺得「鄉土」的東西到了都市就會「墮落」呢，還是說某些「鄉土」的東西，使得中國的都市必然「墮落」呢？我沒有答案，我只提出問題，這跟我平常上課一樣，大家一起思考。

我今天就講到這裏。謝謝大家。

主持人：咱們接下來，首先看一看網上網友對您的提問，然後咱們再請現場的觀眾朋友，跟許老師一起交流。

這第一位網友叫做「北京炸醬麪」。他說，讀了北京三聯書店為您出版的《為了忘卻的集體記憶》，您用結構主義敍述學和心理分析方法系統研究了八十年代和九十年代數百部反思「文革」的小說，這確是文學研究的方法論的一次精彩大操練。不過，您承認不承認，即使是用這種方法，您能揭示出的文學反思成績並不怎麼大，因為您是巧婦，但您沒有米下鍋，是不是這樣？另外要問您，文學研究本來就夠亂的了，頭緒紛雜，您現在又弄出了一個在文學裏閱讀城市，要知道，九十年代以後，是文化人越活越糊塗，老百姓越活越明白的年代，您這不是在迷惘的年代裏給作家們添亂嗎？

許子東：最後這句話，我倒很好回答，因為我就是老百姓。是不是文化人再說，但首先是老百姓。我覺得在小說中閱讀城市，這可以使大家更容易在越來越相同的城市風景後面，找到不同城市不同的魂，因為現在小說真的看的人比較少，我相信出版社的目的，也是變着法子讓大家讀小說，體諒他們一番苦心。現在真的有很多好小說，但是大家太忙了，連我自己都沒時間去看。前面那個問題呢，不能說巧婦難為無米之炊，因為我也不能說是巧婦，而那些作品的意思其實非常複雜，我覺得我只是做得不夠，不過我倒謝謝他這個問題，其實我想藉這個機會跟大家說，我現在主要的研究，就是這一方面的東西，就是關於研究那些小說怎麼講述「文革」的故事。我不是研究「文革」本身，我是講這個「文革」的故事怎麼講。我受刺激的是一個海外的同行跟我說過，他說有沒有一部文學上站得住腳的作品，你們經歷了這麼大的災難，跑出來說，我錯了，我懺悔。

主持人：有啊，巴金、韋君宜。

許子東：散文回憶錄。

主持人：哦，要小說。

許子東：要整本的寫自己一個人，我真的拚命在那裏想，想來想去，這些作家，想了各種方法，最後都是別人錯了，我受害了，或者是說我做過錯事，但是我沒錯，或者是我錯了，但決不懺悔，等等。所以後來我就下決心研究這麼一個現象，就是說，最近一次得諾貝爾文學獎的（凱爾泰斯）還是寫大屠殺的，「見證文學」始終是我們的一個責任，我還是希望，我還是覺得，中國作家還會寫出很好的有關「文革」的作品，還是會有。

主持人：好，下面的發言機會，留給現場的觀眾朋友。

觀眾：您好，我想請問一個問題，就是說，剛才聽了您的關於文學的講座以後，我就是感到，現在的都市文學裏面，「墮落」應該說是很普遍的一個名詞了。但是我想在這裏，想跟你提到另外一位上海作家，她是一個網絡作家，叫安妮寶貝，作為一個網絡作家，也許登不了大雅之堂，也許您對她也不屑一顧，但是我想說，我從她的書本裏，我看到的已經不再是墮落，而是一種深深的絕望和孤獨，你看完以後，感到你的整個靈魂都是孤獨的，在這個世界你找不到共鳴，而且我感覺，這樣的絕望是由剛才的「墮落」所導致一種必然的結果。所以我想問您，就是在這樣文學中普及「墮落」以後，是否就會出現這樣普遍的絕望和孤獨，或者說我們應該用怎樣的方法去拯救這樣普遍的「墮落」，而去避免將來會出現的普遍的孤獨和絕望？

主持人：你可千萬不要看這個安妮寶貝，本來您的靈魂就受過傷。

許子東：我認識她，一起吃過飯。

主持人：就是被她傷害的吧？

許子東：真的沒好好讀過，不過我看安妮寶貝樣子很純真的嘛，孤獨嗎？這個我不知道。不過，回到你的問題，文學裏邊孤獨，那是永恆的主題，那倒不單是都市文學。不孤獨老是熱熱鬧鬧的，就不寫文學了。文學本來的功能，大概就是這樣，所以這個真的不必特別擔心。還有「墮落」得講清楚，不是人真的在文學裏怎麼墮落，不是文學怎麼使人墮落，那我們文學已經很困難了，再給人加上這麼一個（帽子），文學都是（引起）都市墮落的。不，文學只是描寫這麼一種東西，它當然想拯救。關於拯救的問題，我只有一句話，我說，自救吧，先別救別人，先救自己。

觀眾：許教授，您好。我對男人的問題比較感興趣。您剛才說了在一個男人眼睜睜地看着自己女人墮落的問題上面，說西方的人總是從強者的角度來看，而咱們中國一般的作品是從弱者的角度來看。那麼這個問題，從東西方不同的文化史，不同的歷史，不同的思維角度來說，是不是有很大的聯繫，您能給我們解釋一下嗎？

許子東：首先，「西方」這個概念當然太大了，這也只能是一個習慣用語，嚴格來說，只能說歐洲的一些小說，我們不能用整個西方這樣來講。我說過，他們在表現三角關係的時候，的確比較多從強者出發，那如果從歐洲的角度來看，這個大家比較容易理解，因為他們是一種擴張性的文化，而且是強佔性的，覺得這個世界不公平，我有能力，我把她搶過來，所以背後，當然從女性主義的角度來評論，這些作品的男性中心意識也是非常強的。女人、美女，在作品裏面，也還是某種戰利品，或者是某一種（土地、城市、山河的）替代物，這樣來轉換的。那麼中國的情況，從現代文學到台灣，一直到當代，一個現象，我專門寫過文章，我覺得文學中有很多男人眼睜睜看着自己的女人被欺負的主題，背後也是跟我們過去近百年我們的民族處境有關係，就是說，我們通常的愛國的這些大的國家政治語言，通常是男性敘述，是通過男的敘述，要鼓勵一個人愛國的最好的方法，就是說敵人侵略了，他在強姦我們的姐妹，這是鼓勵我們每個國民愛國的最強有力的鼓舞。這個在文學裏就表現得更加曲折，但是主調是一致的，所以在這背後，你可以從民族國家語言的角度去分析，也可以從民族心理的角度去分析。不過，我再說一遍，都只是局部作品，你完全可以找出另外一些作品，來反證我這個看法，來反駁我的看法，都可以。

主持人：好，謝謝許老師。在節目馬上就要結束之前呢，您也知道，常看這個節目都知道，就是最後我要問一個問題，您必須用一句話來回答。假如有來世，我們還是研究文學的，然後有三個大城市，北京、上海、香港，讓你選擇居住和寫作，您選擇哪一個城市？為甚麼？

許子東：生活在上海最好，賺錢在香港最好，讀書在北京最好。

主持人：這也算一句話。是怎麼說來着，生活在上海，賺錢在香港，讀書在北京。好，我們現場的讀書人，都是在北京讀書的。

感謝許老師，從香港那麼遠的地方跑到北京來，為我們讀解三個城市當中的文學，也感謝北京廣播學院的同學和老師參與我們的節目。聖凱諾・世紀大講堂，下週同一時間，千萬不要錯過。再會！

思考香港在大灣區文學中的角色

專訪許子東教授

編按：《明月灣區》獨家專訪香港大學中文學院名譽教授、中國文學研究專家許子東教授，一起探討香港文學和大灣區文學的共同未來。其中談及大灣區文學同中存異、多樣的文學發展可能，大灣區文學的文學傳統、地域性與競爭力，加強粵港澳文學交流、解決本地文學界資金與場地不足的有效方案，以至《明月灣區》能夠擔當的角色。內容專業而多元，發人深省。

目錄：

主編：潘耀明

執行編輯：張志豪

訪問及整理：蔡宛芯、黃瀞翹

「粵港澳大灣區」（以下簡稱為大灣區）概念的提出已經六年，為三地帶來很多發展機遇。在《粵港澳大灣區發展規劃綱要》中提到，需要深化粵港澳大灣區在文化領域的合作。因此在過去幾年，三地各有進行一系列針對大灣區文學的議題對話和探討，唯依舊難以為其制定一個確實的定義與方針。有見及此，《明月灣區》邀請專門研究中國文學的許子東教授，與我們一起探討香港文學和大灣區文學的共同未來。而作為中外文化薈萃之處的香港，又應如何善用自身的獨特優勢，協助推動大灣區文學的發展？

一、同中存異的大灣區文學

2019 年 2 月 18 日發表的《粵港澳大灣區發展規劃綱要》展望大灣區會成為紐約灣區、舊金山灣區、東京灣區之後的第四個大型灣區。許教授認為文學上，大灣區的情況比另外三個灣區要複雜，需要面對更多的挑戰，卻也可能更有發展潛力。原因在於其他三個灣區都是單一的文化中心，它們各自的文學語言和文學人口在同一灣區之中差異不大；大灣區則與之相反，城市之間的文化差異較大，香港、澳門、廣州等城市以粵語人口為主，但深圳卻是移民城市，外來人口以普通話為主要語言。語言是文學的基礎，因此大灣區文學可以是一個多語種的文學，除了粵語和普通話，也包括了英語和葡萄牙語。同時因為深圳是移民城市，很多的讀者和作者可能受中原文化影響更深，其他幾個城市的文學人口則多受嶺南文化影響，這都為大灣區帶來更多樣的文學發展的可能。

要思索大灣區文學，先要釐清大灣區中各地文學的共通及差異點。許教授認為香港在文學傳統上較為多元化。狹義上的新文學從

「五四」以來以批判寫實為主流：有些海外研究者，認為「五四」以後的中國文學現代性被壓縮，集中於批判寫實（五、六十年代甚至連批判寫實也被壓縮，只有歌頌才是文學主流）。中國古代文學傳統按魯迅《中國小說史略》的說法來看有至少四個傳統，其一為《三國演義》等歷史演義逐鹿中原，其二為《水滸傳》等寫俠義忠勇、官民衝突，其三是《紅樓夢》等寫世情男女的傳統，其四為《西遊記》等神魔奇幻。有一度中國內地除了批判寫實，其他的文學傳統發展相對薄弱。香港卻一直有金庸等寫俠客，三蘇和劉以鬯寫城市男女、食飯穿衣，也有寫科幻的故事。所以香港文學放在廣義中國文學視野中不僅別樹一格，而且還有互補對話的衝擊。廣州的文學也和北方有區別，同樣寫革命歷史，歐陽山的《三家巷》和主流的「三紅一創」（「三紅」指吳強《紅日》，羅廣斌、楊益言《紅岩》，梁斌《紅旗譜》;「一創」指柳青《創業史》）在選材和角色塑造上也不一樣，散文家秦牧《藝海拾貝》也沒有以宏大敍事寫作，而是講一些比較精緻的文學道理。南方文學比較接近世俗社會、世俗文化，寫老百姓日常生活。香港的文學類型是比較多元化的，因此包含香港文學、廣州文學在內的大灣區文學可以有自己的獨特性，也可以和北京、上海的文學對話。「大灣區」提供了理解二十一世紀中國文學的另一個觀察角度，其實也關係到以後大灣區文學的發展。

二、大灣區文學的競爭力

要發展大灣區文學的競爭力，先要保持其本來特色。三地大部分地方都有粵語基礎，因此許教授認為應發揚粵語寫作來保持大灣區文學的競爭力。有人認為粵方言寫作會令廣大普通話讀者看不懂，但許教授認為並非不可嘗試。他提到胡適當年推崇《海上花列傳》時說過，中國的方言文學有三個最容易發展，其中就有粵語。粵語成為文學融入中國文化圈，教授認為香港的流行曲有莫大的幫助，起了先鋒的作用；加上廣東是個 GDP 超越俄羅斯的大省，近億的人口相當於一個大國的人口，粵語以使用人數來計根本不算方言，可以成為主流語言，這是粵語文學的基本讀者人口。再者，方言文學不代表它的受眾只會是粵語人口，他提及過去二十年中國內地最出色、最有突破的小說之一是金宇澄以改造過的上海方言寫作的《繁花》，以方言寫作的同時又讓不懂方言的人也看得懂，粵方言寫作也能達到如此效果。香港三蘇的小說便是又可以用廣東話讀，又可以用普通話讀，是中國文學的財富。要是大灣區文學消滅粵語的特點，這將是一件非常可惜的事。

此外，許教授認為大灣區主流的文學是鴛鴦蝴蝶派，是言情、是武俠、是世俗，這個主流不應該否定，大灣區文學要堅持文學的多元性才能與其他文學競爭。大灣區是新概念，但大灣區各地有悠久的歷史。香港有純文學，但不要以避俗求雅的角度，而要用文學史的眼光去看待、整理金庸、三蘇等人的作品，不要因為它們不符合正統的純文學觀就輕視。整個大灣區的文學評論不應用一種從現有的別人標準來套，而是參照自己原有的文學傳統，從自己的文學人口出發來評論作品，發展新的大灣區文學傳統。只有建立在自己的文學人口基礎上，才可以形成文學地域特徵，越有地域性，越有國際性，越有競爭力。

三、香港圖書館、大學與三地文學交流

現時香港官方性質的主要有以下兩大途徑促進三地文學交流：其

一是公共圖書館，香港公共圖書館隔年舉行「香港中文文學雙年獎」「中文文學創作獎」等，會請來學界著名的專家、作家作評審，給予各地作家互相溝通的機會。

其二是各大學邀請三地著名作家來港授課，除了學術分享，當作家來港居住一段日子，一般都能在香港的土壤上激發出新的創作靈感，豐富三地之間的文學、文化交流。

四、對大灣區文學的展望

香港文學雖然一直有自己的發展，然而若要融入大灣區文學文化依然是新挑戰。許教授提出如果希望推動香港的文學文化發展，建議可以建立某種作家營，邀請本土和外地作家以合約制或寫作計劃的方法推動創作，並要向社會彙報成果。在香港或大灣區出版文學作品時，可以配合一系列講座，與市民廣泛接觸和推廣大灣區文學。

要發展文學當然要解決資金問題，許教授直言香港現在投放在文學發展的資源嚴重不足，最快捷的方法就是政府牽頭組織商業機構支援。許教授就此提出兩個建議：第一，邀請大灣區裏的商人捐錢，創立一個作家創作基金；第二，邀請當地商人借出地方，舉辦作家營時，提供來自大灣區作家的居住地方。許教授舉出深圳「紅樹西岸」樓盤例子作參考。當時，深圳的發展商在「紅樹西岸」剛建成之際，拿出約十套房子與創作人合作。在文化交流活動中，邀請來自不同地方、不同範疇的創作人（主要為畫家、導演）到當地創作，而發展商則負責提供他們的居住之處，為期一年。最後那些創作人在進行文化交流的同時，亦有為發展商留下不少值錢的作品、畫作，更能夠讓商人為自己在新的界別打一個廣告，滿足自身利益。這些方案有效解決本地文學界發展資金、場地資源不足的問題，從而有效加強粵港澳三地在大灣區文學文化中的交流。

許教授笑言，其實要獲得支援並不困難，關鍵是讓社會及政府重視文學的發展，覺得文學是應該扶持的：「大灣區嘛，原意就是要和東京、紐約、舊金山比較的，而且要有中國的優越性才會有這種項目嘛。大灣區的確是需要一些創意。」

除此以外，社會對文學文化的關注，在發展過程亦擔當着不可或缺的角色。香港公共圖書館與大學在推廣文學上一直付出不少努力，在不斷舉辦活動的同時，亦鼓勵年輕一代重拾對文學的熱情，唯理解到其要兼顧的事情遠多於此，因此在文學上的支援只能付出有限的能力，可謂獨力難支。過去幾年，香港社會對文學的支持更為不足，導致香港文學文化發展開始步入瓶頸期，例如大型書局突然倒閉、高中中國文學科面對「殺科」命運等，都可以看到現代人對文學的重視性不及以往。

五、成立香港文學館專門舉辦及推廣文學活動

因此，近年有人提出成立「香港文學館」，專門負責舉辦及推廣文學活動，必定能為本港文學發展帶來更多的機遇和契機。許教授認為成立「香港文學館」在協助推廣文學上，有很多功能。它的作用在於透過不同的活動，使文學融入民眾的生活中，帶動文學和整體文化的發展。

第一，它能夠定期邀請世界各地的作家來港舉辦講座，增加粵港澳三地文學文化的交流，促進文化融合。

第二，它亦可以跟香港的各大專院校合作。近年，政府投放了不

少資金於大學發展上，文學館能夠與大學合作開辦或進行不同類型的文學項目。許教授以自身作為例子，說今年度會前往香港嶺南大學開一門有關香港文學的課程，若有香港文學館，便能夠邀請不同界別的人士參加，擴大聽眾的層面，強化民眾對文學的認識與關注。

第三，也是最為重要的作用，文學館能夠舉辦項目公開募捐、邀請商家投資，透過這些資金邀請專業作家參與「非終身制」的寫作計劃。許教授笑言可能實際操作會比自己想的複雜，他及後補充：「台灣就是這樣的做法。我參加過台積電的評獎，給年輕得獎者一筆錢，然後給你出一本長篇小說。他們可以一年不做別的，只在家裏寫東西。那這樣的專業作家項目，假如由文學館來舉辦就是最公正的、最有權威的，也可以漸漸變成一個榮譽。」

提到要注意的地方，許教授認為建立文學館的話，應該要繼承「香港公務員制度的優良傳統」。首先，文學館可能像公共圖書館那樣，納入政府的體系，不一定變成私人機構，避免被單一社團流派壟斷，或是變成牟利的團體。其次，文學館不應該是一個提供「鐵飯碗」的作家系統，專業作家應該越少越好，汲取內地作協體制的經驗。

有關委員挑選，許教授分享自己在參與頒獎時的做法，舉辦機構會給他們傳一份很廣泛的學者作家名單，讓顧問在他們認為合適的名字旁邊打勾，獲得比較多勾的人會被挑選出來組成一個委員會。多年以來在香港，那些文學愛好者，還是作家、市民都沒有特別反對這個制度。因為這樣能夠確保文學機構或者活動，不會成為某一派別、組織的工具。教授以自身經驗證明，此刻香港在文學競爭的「公平性」上做法其實是蠻好的，亦期望在未來日子裏能夠繼續保持。

六、《明月灣區》的角色

最後，被問到在未來《明月灣區》在推廣大灣區文學文化上能夠擔當一個甚麼角色時，許教授認為《明月灣區》能夠邀請不同界別的專家，就着《明月灣區》角度寫文。許教授指出，若只是單純介紹眼下大灣區的美好就會跟外界的普通文章無異，缺乏獨特性。因此，許教授建議每期設專題，從過去百年大灣區三地文學有甚麼成果、特色講起，則能夠更有意義。先盤點現在我們有些甚麼東西，然後在體制的層面上再思考，有甚麼可以合作的，從而共同獲得利益及共同進步的機會，例如舉辦作家營、會議、大學之間的溝通等等。透過不同活動與機遇，研究三地能夠如何互通，互相促進文學發展。特別是總部位處前海、深圳灣附近的騰訊、華為、中信等大公司，它們的成功背後，有幾個城市廣大市民的努力支持，地理位置又正好在大灣區中心，它們出來做點實事，支持大灣區文學發展，順理成章。「香港、澳門和內地這幾個地方是很不一樣。只要能夠將這幾個地方的文學文化並置起來，就會有新的東西出來。」

發表於《明月灣區》2023 年 3 月號